異世界で
もふもふなでなで
するためにがんばってます。15
向日葵 ill.雀葵蘭

「星伍、陸星、かわいいでちゅねー!」
ネフェルティマ・オスフェ(ネマ)
転生してきた少女
人間以外の生物に好かれる能力を持つ

「あるじ様こわい……」
「いつものあるじ様じゃない……」
陸星
ネマから名を授けられたコボルト
星伍
ネマから名を授けられたコボルト

「ディー、お願い」
ラルフリード・オスフェ
ネフェルティマの兄

ディーの角と、ストラップもどきが光り始めた。
ディー
聖獣・
獅子光

「狩ってきましたよ！」
クォン・ストハン
ライナス帝国の
軍部の総帥

異世界でもふもふなでなでするためにがんばってます。15
向日葵　ill.雀葵蘭

《目次》

1 シアナ計画の今後。

子供交流会を終えた私は、部屋に帰ると早々に寝入ってしまった。

体がお子ちゃまということは、体力もお子ちゃまレベルなのだから仕方ない。

そして、いつもより早く目覚めたのは自然……と言いたいところだが、お腹が空いた黒《こく》に体内から起こされるという、非常に稀《まれ》な経験をした。

「ネマお嬢様、本日はお早いお目覚めで」

いつもはもっと寝汚いのに、というパウルの副音声が聞こえてくるのは気のせいにしよう。

寝汚いんじゃなくて、朝が弱いだけだもん！

「パウル、お腹すいたー！」

「朝食にはまだ時間がありますが……軽く食べられるものをご用意いたしますので、こちらに目を通しながらお待ちください」

パウルはそう言うと、紙の束を私に手渡し、備えつけのキッチンに消えていった。

この部屋、国賓クラスを宿泊させる客間だけあって、一応キッチン設備もある。

でも、ちゃんとした食事は厨房で作られたやつが運ばれてくるんだよね。なので、この部屋のキッチンは、魔物っ子たちの食事を作るのに大活躍している。

リビングのソファーに座り、パウルから渡された紙の束を読む。

これ、ヒールランからのちゃんとした報告書じゃん！　やっときたー！　私が読みたかったのはこれなんだよ！

お兄ちゃんが森鬼を貸して欲しいと訪ねてきたときに、ヒールランが報告書をまとめていると聞いて、私も読みたいってお願いしたの。そうしたら、届いたものの中身は、どこをどう読んでも『魔物たちの観察日記』だった。

鈴子が青の冒険者を負かしたとか、闘鬼《とうき》が大きな木をへし折ったとか。それで闘鬼が緑の氏《うじ》にめちゃくちゃ怒られたとか。

いつ、誰が、どこで、何をしたのかが、約二ヶ月分くらい書き綴《つづ》られていたのだ。

レイティモ山の魔物たちの生活がわかるのは嬉しいが、読みたかったのはそれじゃない。

私が求めていたのは、ヒールランがお兄ちゃんに提出した、レイティモ山の現状が書かれた報告書。

だが、紙の束に添えてある手紙を読んで、なぜ『魔物たちの観察日記』が届けられたのか理解した。

一つはお兄ちゃんの配慮によるもの。

子供交流会の準備で忙しかった私が他のことに気を取られないようにと、お兄ちゃんが当たり障りのないものを送るよう指示したようだ。

もう一つは、ヒールランの真面目な性格によるもの。

ヒールランは、憶測が多く含まれる現段階の報告書は提出できないと判断した。そして、予備知識として、魔物たちの今の生活を知ってもらいたいと、報告書をまとめる際に使用した観察日記を私に送ったというわけだ。

方針自体は数日前にはまとまっていたけどすぐには知らせず、子供交流会が終わった頃を見計らって正式な報告書を送ることにしたと。

お兄ちゃん、中途半端に教えられる方が気になるんだよ。

つか、数日前に決まっていたのなら、一度森鬼を帰してくれてもよかったのでは？　と思わずにはいられない。

しかし、子供交流会の前に届いた手紙を最後に、お兄ちゃんからの連絡が途絶えている。

パパンとママンに聞いても詳細は教えてくれず、パウルにお願いして王都の屋敷に探りをいれてもらったのだ。

そしたらなんと！　お兄ちゃんがお家に帰宅していないことが判明した。

お兄ちゃんはあちこち連れ回されているのか、どこかに監禁されているのか。

オスフェ公爵家の嫡男にそんなことをする人物と言えば……ヴィしかいない‼

ヴィめっ！　また懲《こ》りずにお兄ちゃんをこき使いやがって！

ヴィに送るクレームの内容を考えていると、パウルに呼ばれた。

あ、報告書。一行も読めてないけど……まぁ、あとでいいか。

私がテーブルに着くと、簡単なものですがと一言添えられて出てきたのは、丸型パンを半分にしたやつ。

パンの中身はくり貫《ぬ》かれ、そこに野菜やハムがぎゅーぎゅーに詰め込まれている。まるで、パンの耳で作ったケバブサンドみたいだ。

大きく口を開けて、なんちゃってケバブにかぶりつく。

パンの耳は、意外とあっさり噛み切れた。私としては、バゲットくらい固さがある方が好きなんだけどなぁ。

中身をこぼさないように食べるのに少しばかり苦労したが、味は美味い！

ソースは果物の果汁をベースに作ってあるようで、少し酸味があった。その酸味が、野菜はもちろん、ハムの塩気にも合っている。

なんちゃってケバブはあっという間になくなり、おかわりを要求したが即座に却下された。

今食べた分はすべて黒が持っていったので、私のお腹はいまだ空腹を訴えているのに……。

仕方なく、朝食が届くまで報告書を読むぞ！　と意気込んだものの、魔物っ子たちが起きてきた。

朝の挨拶ともふもふを順番にしていたら、意外と時間が経っていたようだ。美味しそうな匂いが部屋に漂い始めた。

お姉ちゃんも揃い、みんなで朝食を食べる。

「交流会、成功だったようね」

「うん！」

昨日はお姉ちゃんに何も報告できないまま寝ちゃったから、一緒の班になった子供たちがどれだけ凄いか、どんなふうに宝物を探したのかを熱く語る。

熱が入りすぎて、無意識にスプーンを振り回してしまい、パウルに怒られたのはご愛嬌《あいきょう》だ。

「それでね、私たちの班が優勝したんだよ！」

「凄いわ、ネマ！　さすが、わたくしの自慢の妹ね」

お姉ちゃんは我がことのように喜び、いっぱい褒めてくれた。


ようやくお腹が満足したところで、ソファーに寝転がって報告書を読む。お行儀が悪いけど、食休みも大事。

レイティモ山の食料事情、コボルトからの要望、ゴブリンからの要望、冒険者の動向、森鬼が選んだお引っ越し先の情報まで、わかりやすく書かれていた。

「うーん……これは私が行くべきでは？」

お引っ越し計画自体はしっかりと練られている。

私が許可をすれば、すぐにレイティモ山を出発するそうだ。お引っ越しが決まったとお兄ちゃんは書いていたが、それもお兄ちゃんの配慮だったみたいだね。でも、嘘はよくないぞ！

報告書を読んで私が気になったのは、コボルトの要望。

シシリーお姉さんが、レイティモ山に残りたいコボルト以外、群れ全部をお引っ越しさせたいと。

ヒールランもシシリーお姉さんから話を聞いたらしく、彼の意見も書いてある。

『今のレイティモ山は、ネマ様が想定していた状態と大きく異なるため、改新が必要と思われます』

こんなふうに変えるのはどうでしょう？　と、提案もいくつか添えられていた。

やっぱり、私が二年も寝ちゃってたのがまずかったなぁ。

計画に沿わない部分を適宜修正しなかったから、完全に違うものになってしまった。

そもそも、冒険者と魔物が仲良くなるなんて思わなかったし……。

ソファーの上でうんうん唸《うな》っていると、食後の休憩が終わった星伍と陸星がやってきた。

「シンキ、まだいないの？」

「いつ帰ってくる？」

今日、お引っ越しを許可する手紙を送ったとして、出発は明日になるだろうから……。

報告書にある移動日程を確かめて、二匹に答える。

「あと十日以上はかかるかなぁ」

森鬼がすんなり帰してもらえれば、だけど。

守鬼《しゅき》がなんやかんや言って、留まらせようとしそうだし。

私の答えを聞いて、二匹はしょんぼりと尻尾を下げた。

ライナス帝国に来てから、森鬼が半日以上いない日はほとんどなかったので淋しいのだろう。

私も淋しい……。

星伍と陸星をいっぱいもふもふして慰めた。

二匹は萎《しお》れた尻尾を復活させ、私の両手にもっと撫でろと頭を擦りつけてくる。

そんな二匹の姿を見て、コボルトたちに何をしてあげるのが最善なのか、しっかり考えようと思った。

「うーん、どうするべきか……」

思わず出た呟きに、二匹は首を同じ方向に傾げる。

ちょこんと床にお座りをして、上目遣いで私を見つめたままで！

可愛い！　カメラがあれば、またとないシャッターチャンスなのに！　カメラがないことが憎い‼

私も家族に何かお願いをするときに、上目遣い戦法を使うこともあるが、やはり天然の可愛さには敵わないな。

「星伍、陸星、かわいいでちゅねー！」

首周りをわしゃわしゃ掻《か》いて、ほっぺをむにむにしながら二匹の可愛さに癒されていると……。

「あるじ様こわい……」

「いつものあるじ様じゃない……」

お尻で後退りされた上に、耳を倒してガチで怯えられた。なんで‼　二匹の可愛さを愛《め》でたかっただけなのに……。

怯えられたショックから、ソファーに逆戻りしてふて寝する。

息苦しくなったところで、ゴロンと仰向けになると、二匹がソファーに飛び乗ってきた。

「あるじ様ごめんね」

私の両脇にすっぽり収まってから、星伍が謝る。

怖いと感じた理由を聞いたら、私が無意識に発した赤ちゃん言葉が原因だったので、私の方からも謝った。

思い返してみれば、私が赤ちゃんだった頃も、赤ちゃん言葉でしゃべりかけてくる人はいなかったなぁ。

パパンは……まぁギリセーフなデレデレ具合か。

獣騎隊や竜騎部隊には赤ちゃん言葉を使う騎士がいるにはいるけど、星伍と陸星は会ったことなかったね。

突然、飼い主が変な言葉遣いをし始めたら、そりゃあビビるわ。気をつけよう。

「あるじ様、シンキがいないからおかしくなったの？」

「シンキのかわりにぼくたちが側にいれば治る？」

先ほど慰めたお返しなのか、二匹が私の頬をぺろぺろと舐める。

頬もくすぐったいが、心もくすぐったく感じた。星伍と陸星の優しさが嬉しい。

森鬼がいないからおかしくなったと思われているのは、ちょっとあれだけど。

「きゅんっ！」

「うぐっ……」

突然、お腹に衝撃が襲った。犯人はわかりきっている。

「い〜なぁ〜ほぉ〜！　急に飛びかかるのはダメでしょ！」

「きゅっ、きゅぅぅぅ！」

ちょっとビビりながらも何かを訴えてくる稲穂。

体を竦《すく》ませているので、上目遣いになっているのがあざと可愛い。

「ずるいって」

「イナホも仲間に入れてだって」

自分だけ仲間外れにされていると思ったのかな？

甘えたな稲穂を胸に乗せて、ほのかに温かい尻尾をなでなでもみもみ。

魔物っ子たちの体温で、体がポカポカしてきた。寝ちゃいそう……。

だけど、報告書のことを思い出して、気合いを入れて目をかっぴらく。

「星伍、陸星。シシリーおねえさんが群れをレイティモ山から移動させたいって言っているんだけど、どう思う？」

ここは同じコボルトで、あの群れで育った星伍と陸星の意見を聞いてみよう！

「移動？」

「結界の外？」

二匹の質問に肯定すると、急に興奮し、脇から身を乗り出して、尻尾を激しく振る。

ちょっと……苦しい……。

「大きいえものいる？」

「ランドブルより大きいの！」

二匹を落ち着かせるために、稲穂ごと体を起こした。稲穂はどく気はないようで、私の膝の上に移動して丸くなる。

二匹にもソファーの上でお座りを指示し、もう一度質問する。

「コボルトの群れが山の外に出たらうれしいの？」

「うん！　えものいっぱい！」

「レイティモ山、大きいえものいないから」

陸星の言う通り、レイティモ山には大きな動物がいない。

一番大きい動物は、ジャイアントボアの亜種だろう。ジャイアントボアの亜種は、ジャイアントボアとは生息域が異なり、森林地帯を好むため体が一回りほど小さい。それでも、鹿くらいの大きさはあるけど。

この子たちが目をキラキラさせて興奮するってことは、狩猟の氏には物足りない環境だったということか。

まぁ、戦闘と狩りは違うものだしね。

星伍と陸星にとって、狩りは楽しいことのようで、これまでに狩ったことのある動物を教えてくれた。

君たち、いつ狩りなんてやってたの？　って思ったけど、狩りも訓練内容に入っていたらしい。

私が眠っている間に、凄く頑張ってくれたのは知っていたが、狩りまでやっていたなんて……。

二匹の勇姿が見られなくて残念だ。

ちなみに、稲穂は狩りが苦手だと、自ら言い出した。

小動物は警戒心が強く、すばしっこいので、すぐにバレて逃げられてしまうらしい。

よく私と会うまで生き延びられたなと感心したら、稲穂は秘密を話すかのように魔蟲を食べていたと告げる。

まぁ、甲種の中には飛べないものもあるし、可食部も十分あるので、狩りが下手な稲穂にはぴったりな獲物だ。

星伍と陸星も、コボルトの群れにいたときに魔蟲の肉を食べているので、また食べたいねーと会話を弾ませる。

結局、お肉が一番美味しいって結論になってたけど。

ご褒美にいいお肉をあげたりしてるから、この子たちの舌が肥えちゃった?

いつの間にか追いかけっこを始めた魔物っ子たちを横目に、私は報告書をもう一度読み込む。

シシリーお姉さんがレイティモ山の外に出たいと考える理由の一つが、他のコボルトの群れとの交流だ。

ルノハークに追われる以前の生活では、縄張りが重ならないように活動しながらも、少なからず他の群れとやり取りがあった。

それは、縄張り内で取れる資源が異なっていたり、群れを構成する氏の種類が違っているためだ。

星伍と陸星の兄であるフィカ先生も言っていたではないか。ここまでたくさんの氏が集まる群れは珍しいと。

それに、同じ群れの中でも氏ごとに住処を分けていた。レイティモ山でも各氏で集まっていたから間違いない。

ひょっとしたら、他の氏との距離が近すぎて、ストレスを感じている可能性もあるな。

レイティモ山の魔物が外の群れと交流するのは難しいけど、お引っ越しをした魔物が他の群れと交流し、その成果をレイティモ山と共有することはできる。ようは、本部と支部みたいな関係にする。

そうすれば、レイティモ山の魔物は他の群れとも交流できるし、山の密度も下がってストレスも減るんじゃないかな？

問題は魔物のお引っ越しを冒険者組合がどう思うかだ。

ガシェ王国の冒険者組合の長であるアドは、魔物をレイティモ山から出すのを反対するだろう。というか、各組合の長さんたちはこのことを知っているんだよね？

報告書をくまなく見るも、各組合の長については何も記述がなかった。

いろいろ考えすぎて、思考が迷子になりそうなので、思いついたことを書き出してみよう。

急ぎ確認することは、各組合の長の意向。

シアナ特区は『魔物』『冒険者』『温泉』の三つの要素で成り立っている。

そして、各組合が利益を得ている要素は異なる。

冒険者組合は魔物で利益を得ているので、その魔物がレイティモ山から減ると、今まで得ていたものを損なう。そうなれば、足が遠のく冒険者も出てくるはずだ。

すると今度は、冒険者で利益を得ている鍛冶組合や薬師組合も損失が出るかもしれない。

あと、温泉で利益を得ているのは、商業組合と宿屋組合。

シアナ特区は冒険者の保養所的な側面がある一方、一般の観光客が少なからずいるので、影響は小さいと思われる。

これらに含まれない大工組合だが、シアナ特区の建設ラッシュが落ち着きつつある今、なんらかの対策を取らないとシアナ特区から撤退もありえる。

「少しご休憩なされてはいかがですか？」

ソファーの上でゴロゴロしていただけなので、体は疲れていないが、ちょっと頭が重たいような気もしてきた。

気分転換も大事だよねと、パウルが用意してくれたお茶に手を伸ばす。

お茶請けが果物の蜜漬けしかなく、物足りなさはあるけど。

「ねぇ、パウル。魔物たちのお引っこし、組合の長たちはどう思っているか知ってる？」

「彼らが心の内で何を考えているかはわかりませんが、オスフェ家の方針に表立って反対することはないでしょう」

「なんで？」

各組合がシアナ計画に参入したのは、こちらから声をかけたからだ。

特に冒険者組合は当初、賛同できないと反対の姿勢を取っていた。それをいろいろ対策するからお願い、といった形で頷いてもらえた。

それなのに、オスフェ家に反対しないと言い切るのはなぜか。……裏で脅してる⁇

「彼らはシアナ計画に協力する条件で、優遇措置を受けているのですよ？　しかも、ネマお嬢様の発案だからと、旦那様が張り切っておいでてでしたので、かなりあちらが有益になる内容でした」

甘い蜜で手懐けていたのかパパン‼

もちろん、法に反するようなことはしていないだろうけどさ。

脅して味方にするより、死なばもろともみたいに感じるのは私だけか？

各組合が反対しないであろうことは理解した。でも、何かしらの不満は出てくるはず。

現状のまま、新人冒険者の育成ができる、じゃ弱いよねぇ。

魔物を外に出すと、不意に遭遇することが増えて互いに危険でしょう、とかアドに言われそう。

ん？　互いに⁇

つまり、互いに判別できれば避けられるのでは？

交流のないご近所さんは見知らぬ人だけど、互いにどこの誰なのかを知っていれば挨拶くらいは交わす。

　レイティモ山のコボルトさんとシアナ特区の冒険者さんって互いにわかれば、森でばったり遭遇しても、奇遇ですね～じゃあ！　って感じに平和的に解決しそうじゃない？

見分けがつくように、レイティモ山のコボルトであることを示す標識を身につけてもらって、冒険者にはシアナ特区所属を示す徽章《きしょう》みたいな飾りかワッペンをつける。

移住先で生まれた魔物に関しては、一定期間レイティモ山で過ごすようにしたら、冒険者との戦闘訓練など、交流もできるはず。

全部が上手くいくわけじゃないだろうけど。

それかもういっそのこと、魔物と共存する町として、大々的に売り込むのはどうだろうか？

さすがに一般人をレイティモ山に入れるわけにはいかないけど、コボルトが作る工芸品を特産品としてブランド展開してみたりさ。

パッケージやタグに、私が作りました的な絵姿を入れるのもいいかも！

そうすると、冒険者育成部分が弱くな……はっ！　閃いた‼

今は、新人冒険者の育成は冒険者組合に丸投げだけど、全部の組合から指導者を出してもらって職業訓練学校を作るのはどうだろう？

思いついたことを紙に書いていると、それを見たパウルは言いたいことがあると、発言の許可を求めてきた。

「うん、助言は大歓迎だよ！」

「では、こちらの訓練学校は難しいかと思われます」

パウルは、なぜ職業訓練学校の実施が難しいのかを説明してくれた。

新人冒険者には貧困層の子供が多い。

なぜなら、手早く稼げるからだ。

お店などに雇ってもらうこともできるが、子供に任せられる仕事は限られているし、お店で盗みなどが発生した際に貧しいからと疑いをかけられることもある。

つまり、そういった子たちは、学校で学ぶよりも稼ぐことを優先する。

やはり、今のように実戦しながら学ぶ方が、稼ぎもあっていいということだ。

……稼ぎがあるなら仕事はなんでもいい？

「じゃあ、いろいろな仕事を体験できる依頼があればいいのね！」

「ですが、一つの依頼で複数の仕事を割り当てるのは、冒険者組合の規約違反ですよ」

ふっふーんと、私は胸を反らして考えを述べる。

「わざわざ冒険者組合に依頼するようなことではないけど、人手があったら助かるなぁっていうことがあるでしょ？　そういったちょっとしたお手伝いを、新人冒険者たちにやってもらうの」

ようは日雇い派遣バイトみたいな感じだ。

その日に入ってくる急な依頼にも対応できるよう、冒険者組合の支店で待機してもらって、依頼が来たら仕事先へ向かう。

もちろん、待機も含めてお仕事なので、依頼が入らなくても日当は支払われるようにする。

これだと、冒険者組合には利益がなく、冒険者に支払うお金でマイナスだと思う。

そこで、パパンがやった甘い蜜作戦ですよ！

オスフェ家がこういったことをやりたいけど、ノウハウがないから冒険者組合にお願いできないかな？　やってくれるなら、事業委託として補助金出すよ？　ぐへへへ。

「お嬢様、下品な笑い方はやめましょうね」

うっかり悪代官の笑い声が出てしまった……。

「いい方法ではあると思いますが、結局冒険者組合の支店に赴《おもむ》くのであれば、普通の依頼でもいいのではないでしょうか？」

「う、確かに……」

「あと、補助金を出したりするより、シアナ特区が冒険者組合と契約して、毎日新人冒険者を数名、派遣してもらう方が明朗だと思われます」

ぐうの音も出ない。

パウルはさらに、シアナ特区主体で行うことの利点を挙げていく。

「シアナ特区の者たちも、ヒールランやアリアベルに相談するくらいの軽い気持ちの方が利用しやすいでしょう。労働力を提供する以上、有料にせざるを得ませんが、相場より安くしても問題ありませんので」

依頼がないからと冒険者を待機させるのではなく、定期的に町の清掃をやらせたり、シアナ特区の事務所で本を読ませたり、読み書きを教える方がいいと。

もう、パウルすげーって感想しか出てこないよ！

魔物と冒険者に目印をつけることと、工芸品ブランド化はパウルも賛同してくれた。

ブランド化については、ライナス帝国の名産品をブランド化しようぜ計画があるので、ルイさんに教えてもらえば楽できるだろう。
とりあえず、急いでヒールランに手紙を書かなければ！

2 被害者はここにもいた！

各組合の意向を知りたいと、ヒールランに手紙を送ったらすぐに返事が来た。

返事には、一部懸念する声は上がったが、お兄ちゃんの説得により全組合が賛同してくれたと書かれていた。

いやいや、その懸念する声の内容が知りたいんだよと、何度かやり取りをするはめに。

その結果わかったことは、反対の姿勢を見せていたのはやはり冒険者組合で、その他の組合は可もなく不可もなしといった反応だったらしい。

そして、冒険者組合の長アドの意見としては、魔物を外に出す必要があるのか、群れが弱体化して個体数が減るのであれば、捕まえてくればいいのではと。

おそらくアドの本心ではなく、冒険者組合の立場での発言だろう。

危険と隣り合わせな仕事だからこそ、アドは冒険者に不利益がおよばないように心を砕いているように思う。

ゆえに、アドを懐柔するなら、冒険者組合に提案していた去勢魔法を使うのが早い。

だが、去勢魔法は最終手段だ！

オスフェ家の総力を以てしても解決策が打てないときにしか使わないと心に決めている。

それらヒールランからの手紙を読んだ上で、お引っ越しするか否か。

私が下した決断は『お父様と相談するからしばし待たれよ』だ。魔物だけでなく、シアナ特区全体に関わることだからね。

なので、今日、パウルと一緒に考えた案も含め、お引っ越しはどうしたらいいかと、パパンに相談する手紙を送った。

ちょーっと分厚くなっちゃったけど、パパンなら喜んでくれるよね？

そして翌日。

朝一番に、パパンからの返事が届く。

長い手紙は嬉しいけど少し落ち着きなさいと、一行目に書かれていた。

いろいろと新しいことに挑戦したい気持ちは理解できるが、物事には順序があるからと。

……確かに、なんでもその場の勢いでやってしまおうとするのは、私の悪い癖かも。

まずは優先しなければならないことは何か。そして、時間のかかるものは優先順位を上げなさいとのアドバイスもくれた。

あとはパパンの見解だね。

パパンとしては、魔物を外に出しても問題ないと考えていること。ただし、新しい住処に魔物が適応できるのか、しっかり調べなければならない。

シアナ特区の売り込み方も、お兄ちゃんが許可するなら好きにしていいこと。

コボルトと冒険者に目印をつけることに関しては、面白そうだとも書かれていた。

新人冒険者の派遣バイトは、魔物のお引っ越しがシアナ特区にどのような影響を与えたかを見極めてからにしなさいと、やや否定的な感じだ。

全部一気にやるのではなく、要不要をちゃんと考えなさいってことだと思う。

シアナ特区を改変するにしても、必要ないことまでやらされるのは、現場が大変だもんね。

よし！　ここは臨機応変に、一つずつ対処していこう！

ヒールランにはお引っ越し決行とシアナ特区の改変について書いた手紙を、お兄ちゃんにはパンと相談した内容を報告する手紙を送った。

昨日から、手が痛くなるくらいたくさん手紙を書いているので、ちょっと休憩。

魔物っ子たちと遊んで、ウルクとお昼寝して、お姉ちゃんと夕食を食べて……。

あれ？　もう寝る時間⁇

シアナ特区に関することだから、さすがにお兄ちゃんも返事をくれるだろうと期待していたのに……。

ママンにお兄ちゃんからの返事が来ないと泣きの手紙を送った。

『ラルフは本当に忙しくしているから、もう少し待ってあげてね。あの子もネマのために頑張っているのよ』

ママンからの返事にそう書かれていたから、私は数日我慢した。

絶対にヴィのせいだ！　ヴィがこき使うから、何日も屋敷に帰れていないんだ‼

我慢が限界を迎え、文句を書き連ねた分厚い手紙をヴィに送りつける。

意外と早く返事が届いたものの……。

『ラルフは今忙しい。お前は、そちらで大人しくしているように』

これを読んだ瞬間、うがぁーってなったよね。

あの腹黒陰険鬼畜王子！　私のお兄ちゃんをこき使うとは何様だ‼

「王太子殿下でございます」

「独り言に突っ込まなくてよろしい！」

思わず口に出していた何様発言に、パウルが冷静に返答するもんだから、さらに私がツッコミを入れるはめに……。

「おそらく、ラルフ様にしか任せられないことをお願いされているのでしょう」

ヴィの周りには優秀な部下が揃っているのに、わざわざお兄ちゃんの手を借りるということは、お兄ちゃんにしかできないことなんだと思うけども！

あのお兄ちゃんが！　私にお返事を書けないってよっぽどのことだよ‼

「それと、こちらも届いておりますよ」

パウルが私へ差し出したのは青い封筒。

「これは‼」

裏の封蝋には、ライナス帝国の紋章がくっきりと押されている。

この国で青い封筒を使用できるのはただ一人。そう、皇帝陛下からの公式なお手紙！

「ここまでするとは……」

この青い手紙は、各国のお偉いさんへの親書に使われることが多いらしいので、ライナス帝国の貴族でも送られたことがある人は少ないはず。

超レアものゲットです！

そんな超レアもの、本当は送られた私が開けるべきだけど、うっかり破いたりしそうなので、パウルにお願いする。

「畏まりました」

パウルが恭しく受け取り、慎重にペーパーナイフを入れる。大して力を入れたようには見えないが、ペキッと小さな音がして、蝋が砕けた。

中のお手紙を読めば、案の定、子供交流会で優勝した褒賞の授与式をやるよって内容だった。

「八日後って……早くない⁉」

授与式の日時を見てびっくりした。

こんなに早かったら、礼装の準備が間に合わないのでは？

「礼装でしたら、まだ着用されていないものがございますので、心配にはおよびませんよ」

「私は大丈夫でも、他の子供たちはそうじゃないでしょ？」

ルネリュースは侯爵家なのでなんとかできるだろうけど、ミーティアちゃんとフェリス君は下位貴族だし、アイリーナちゃんとユアン君は平民だ。

すぐに礼装を準備するとなったら、既製品を買うしかないだろう。

「気になるから、ダオに聞きにいくわ！」

そう思ってもすぐに会えないのが皇族だ。まずはダオにお伺いを立てて、諾否《だくひ》を受けなければならない。

電話があれば、こんなに手間がかからないのになぁ。

ダオからのお返事は、授業が終わったあとならいつでもいいよーとのこと。

ダオ、交遊会での毒物混入事件から、凄く頑張っているんだよね。いつの間にか、お勉強の時間を増やしているし。

今回、主催を任されたことが自信になって、ますます張り切っているのかも。

とりあえず、ダオのお勉強が終わるまで時間があるから、お散歩にでも行きますか！

部屋から出るのを渋るウルクを説得し、いつもの庭に行こうとウルクに乗って宮殿内を進む。

星伍と陸星はじゃれ合いながら後ろをついてきて、稲穂はウルクの頭の上を陣取っている。稲穂で前が見えないんですけど……。

ふわっふわな尻尾が左右に揺れていることから、稲穂はご機嫌な様子。この尻尾に顔を埋めてスーハーしたら、さぞ気持ちいいんだろうなぁ……。

「きゅうっ⁉」

私の邪《よこしま》な視線に気づいたのか、稲穂はぶるりと小さく震えて、周囲を警戒し始めた。

稲穂の尻尾に抱きつくのは何も言われないが、顔を埋めるのは嫌がられるんだよね。

まぁ、端《はた》から見れば、お尻のにおいを嗅ごうとしている痴女なので、嫌がられるのはしょうがないと諦めているけど。

尻尾の誘惑と戦っていると、突然ウルクの足が止まった。

不思議に思って、上半身を横に倒して前を確認する。

「本当にムシュフシュを宮殿に連れてきたんだ……」

誰かと思ったらアイセさんではないか⁉

「アイセ様、ごきげんよう……って、大丈夫？」

ウルクから降りて、アイセさんに挨拶したはいいものの、あまりの変わりように心配が先立つ。

病気を疑うほどやつれてんですけど‼

「まぁ、なんとかね」

「ちゆ術師に診てもらったら？」

寝れば治るからと、生気のない顔で言われた。

表情を取り繕う元気もないなんて……。

転生する前の自分を思い出し、アイセさんの手を取る。

「じゃあ、今すぐ寝よう！　アイセ様のお部屋まで私が連れていくから！」

アイセさんの部屋は行ったことはないけど、どこにあるかは把握している。伊達に宮殿で遊び回っていないのだ！

「……は？　いや、ちょっと……」

アイセさんの手を引っ張って、今来た廊下を戻る。

アイセさんの部屋の近くまで来ても手が振り解かれないってことは、振り解く気力もなくなっているってことだ。

部屋主がいるので、ノックもせずに扉を開ける。

「失礼します！」

そして、遠慮なく中に入っていったんだが……。

「誰もいない？」

部屋には侍女の姿もなかった。

「側に侍《はべ》らすのは趣味じゃないから」

いやいや。だからといって、一人もいないのは問題でしょ！　留守中に何か仕掛けられていたらどうするの！

「むぅ……わかった！　私の部屋に行こう！」

「はぁ⁇」

安全が確保できていない部屋ではゆっくり休むこともできない。

その点、私の部屋なら大きなソファーもあるし、魔物っ子たちもいるので安心安全だ！

「じゃあ、ウルクに乗って。そっちの方が楽だし」

ぐいぐいと背中を押して、アイセさんをウルクに乗せる。

部屋を出たところで私も乗り、急ぎめで私の部屋に戻った。

「パウル！　アイセ様を寝かせるからよろしくー」

散歩にいくと出ていった私がこんなに早く戻ってくるとは、パウルも思っていなかったのだろう。

しかし、アイセさんを認識すると、即座に対お客様モードへ。

「殿下にお越しいただきまして、光栄に存じます」

パウルの挨拶を手を振るだけで返すアイセさん。

まずはアイセさんをソファーに誘導してから、私はパウルへ端的に説明する。

「アイセ様、具合が悪いの。温めた乳をお願い」

帝都のエルフの森から定期的に購入しているグワナルーンの乳と、めちゃくちゃ甘いパパイソの樹液がまだあったはずだ。

エルフの森で飲んだ美味しいミルクは、疲れているときにはもってこいな飲み物である。

「もう側付きも帰ってくるから、部屋に戻る」

「側付きさんが帰ってきたからといって、すぐに寝られる状態じゃないでしょ？　お部屋の点検にも時間がかかるのよ？」

物理的な暗殺だけでなく、魔道具や魔法陣を罠にして暗殺もできる世界だ。

家具を移動させて、絨毯や床も引っぺがす勢いで調べなければ安心できない。

パウルが持ってきてくれたホットミルクを渡し、飲んで寝るよう強く言い聞かせる。

ちゃんと私の分のホットミルクもあった。さすがパウル！

「ぷはぁ……うまーい！」

程よい温度に温められた、グワナルーンのホットミルクを一気飲みした。食道から胃へと、順

に温まるのがわかる。

「……ネマ、髭ができてる」

自分の口元を指でトントンとするアイセさんだが、どうも笑いを堪えているようだ。

すかさずパウルが私の口元を拭う。

アイセさんがミルクを飲み干したのを見届けて、体にブランケットをかけてあげた。

「おねんねしましょうねー」

ブランケットの上からポンポンと叩いて、子供を寝かしつけるように告げたら、アイセさんはなんとも言えない遠い目をする。

「もう、なんでもいいや……」

開き直りというか、諦めの境地？

まぁ、ここは無駄に抗《あらが》うより、素直に寝るのが無難だと思う。

アイセさんが寝入ったのを確かめてから、ポンポンしていた手を下ろす。地味に疲れるな、これ。

アイセさんの眠りを妨げないよう、魔物っ子たちには静かに遊ぶよう伝え、私は読書をして時間を潰す。

途中、アイセさんを探して側付きさんがやってきたけど、寝ているのを確認すると、もうしばらくこのままでとお願いされた。

思った通り、アイセさんの部屋は総点検が行われているらしく、まだかかるからと。

おやつをもぐもぐして、魔物っ子たちとウルクの肉球触り比べして、みんなにブラッシングをしていると、側付きさんがお迎えにきた。

「アイセ様……アイセ様！　お迎えきたよ！」

肩を揺らして起こそうとするも、アイセさんはなかなか起きてくれない。

すると、側付きさんがお任せくださいと言ってきたので場所を譲る。

「殿下、ヴィルヘルト殿下がお呼びです！」

アイセさんの耳元で、ヴィの名前を告げる側付きさん。数秒、アイセさんが魘《うな》されたと思ったら、叫びながら起きた。

「……ここは……」

「二の姫様のお部屋です。ヴィルヘルト殿下はいらっしゃいませんのでご安心を」

その言葉を聞くと、アイセさんは心から安堵した表情を浮かべた。

「もしかして、アイセ様がやつれているのヴィのせい？」

ヴィ大好きなアイセさんが、ヴィの名前を聞いて魘されるなんておかしいでしょ！　絶対、ヴィが何かやったに違いない‼

「ヴィルヘルト殿下からある頼まれごとをされたのですが、それだけでは終わらずに次から次へと働かされまして……」

側付きさんはあっさりと白状してくれた。

やっぱりねという気持ちと、お兄ちゃん以外にも犠牲者がいた驚きで、複雑な顔になってしまったが。

「二の姫様のご気分を害すような失言をしてしまい、申し訳ありません」

なぜか側付きさんに謝られた。

あ、おたくの王子の人使いが荒くて迷惑かけられた、って言っているようにも受け取れるのか！　まったくその通りだけどね！

「ちゃんと抗議をした方がいいですよ。身内だからって、アイセ様の限度を超えるようなことをさせるのはいただけません」

私がそう力説すると、側付きさんも力強く同意してくれた。

ヴィがアイセさんに何をお願いしたのか気になるけど、たぶん話してはもらえないだろうなぁ。

寝惚けた状態から抜けたアイセさんは側付きさんを連れて、自室へと帰っていった。彼らを見送ってすぐ、私は急いでダオのところへ向かう。

授与式の衣装についてどうするのかと質問したら、用意してあるから大丈夫だと返ってきた。

「用意してあるの⁉」

「うん。各家に確認して、準備が間に合わない子には、こちらで用意している衣装を着てもらうことになっているよ」

「……私、確認されてないよ？」

そんなこと聞かれたかなと記憶を探るも、まったくない。

「パウルが答えたんじゃないかな？」

確かに、衣装を管理しているのはパウルなのでありえるけどさ。

それにしても、授与式をやるのと、衣装まで用意してあげるなんて凄いねとダオを褒めると、クレイさんの提案なのだと教えてくれた。

「僕が、優勝した組に何かしてあげたいって言ったら、父上にお願いしてみるといいよって。そうしたら、父上が喜んで……」

あー、陛下が嬉々として承諾する姿が目に浮かぶわ。

ダオに頼られたー！　って張り切った結果、授与式やるぞってなったんだね。

「それで、礼装を仕立てる時間はないだろうから、宮殿の衣装から出すことにしたんだ」

「宮殿の衣装？」

今回のために用意した服じゃないってこと？

「宴や交遊会のときに衣装を汚してしまう場合もあるから、念のために着替えを用意してあるんだ」

なるほど。皇族の催し物が多いからこその対策なのかな？　ガシェ王国では、王宮で着替えが借りられるなんて話、聞いたことないし。

「ネマ、褒賞を楽しみにしててね」

「うん！」

何がもらえるんだろう？　金一封かな？　それとも、ケーキ食べ放題とかかな？

美味しい食べ物だったら嬉しいなぁ。

3 みんなでご褒美もらうぞ！

授与式当日は朝から慌ただしく始まった。

昨日の夜のうちにツルピカに磨き上げられた全身に、再度いろいろと塗りたくられ、礼装を着せられ、髪をセットしてと、気が休まることがない。

授与式は午後からだけど、リハーサルがあるので昼前から集合となっている。

「ネマ様！」

案内された待合室に入ると、すでにみんな揃っていた。

「ミーティアちゃん！」

ミーティアちゃんが駆け寄ってきたので、私は彼女の手を取り、再会の喜びを分かち合う。

興奮からか、耳も尻尾もピンッとなってて……はぁーかわゆい！

「ネマ様の衣装、すてきね！」

アイリーナちゃんもやってきて、私の衣装を褒めてくれた。

「ありがとう！　私の国の意匠なの。アイリーナちゃんもすごく似合ってるよ！」

熊《ゆう》族のアイリーナちゃんの礼装は、今風のスカートが広がっているタイプだ。

可愛い尻尾が隠れてしまっていることを除けば、アイリーナちゃんの可愛らしさを引き立てているね。

「ネマ様もルネリュース様も、なんか様になっているよな。おれはこんな服、初めてだから緊張する」

鸇《せん》族のユアン君は慣れない服に萎縮《いしゅく》しているのか、どこか落ち着きがない。

「ユアン君の翼の色がはえて、とってもかっこいいよ！」

森の中にいるような深みのある緑の衣装のおかげで、翼の濃淡が鮮明に見える。

ユアン君の翼、雨が降りそうで降らない雲みたいな灰色だから、ビビットカラーのような明るい色も似合うと思うなぁ。

「そうかな？」

自信なさげなユアン君を、他のみんなもいっぱい褒めた。

ユアン君はそれを聞いて、照れ臭そうにありがとうと呟く。

「皆様お揃いですね」

応接室に入ってきたのは、初めましての人だった。

お仕着せではないので、宮殿で働いている人ではなさそう。国政に関わる部署の官吏さんかな？

「本日、授与式の礼法を指導させていただきます、宮中礼法指南役のトリン・シャピロと申します」

今日の手順を教えてくれる先生だ！

礼儀作法がしっかりしているからか、男性なのに、私の家庭教師をやっていたアンリーに雰囲気が似ている。

指南役さんに気を取られていると、ルネリュースに肘で突っつかれた。

「ガシェ王国オスフェ公爵家の次女、ネフェルティマと申します。本日はよろしくお願いいたします」

お前が挨拶しないと進まないだろうっていう、ルネリュースの催促だったようだ。

「ベーグル侯爵家嫡子のルネリュースです。シャピロ卿よりご指導賜われること、大変光栄にございます」

とても礼儀正しい態度だけど、ルネリュースの表情がアイドルを前にしたファン、推しを尊ぶオタクと同じに見えるのは錯覚かしら？

それとなくルネリュースを観察する。

目をキラキラさせながら指南役さんを見つめているし、頬もちょっと赤くなっているし。やっぱり錯覚ではなく、ルネリュースの推しは指南役さんなのね！

「……なんかネマ様から不穏な視線を感じる」

ちぇっ、覚《さと》られたか。

好きなものにはしゃぐ姿が可愛かったからって言ったら、ルネリュースは怒りそうだな。

「ルネリュースがそんけいしているみたいだから、すごい方なんだろうなぁって思っただけよ？」

しれっと誤魔化したけど、ルネリュースは私の言葉を聞いて驚いた。

「シャピロ卿を知らないのか⁉　いや、その前に失礼だろ！」

別のことで怒られた！

でも、これは私の方が悪いので、指南役さんに失言を謝罪する。

「二の姫様が謝られることではございません。シャピロ家の簡単な紹介をさせていただきたいのですが、いかがでしょう？」

指南役さんの提案に、私は即承諾した。

指南役さんのお家、シャピロ伯爵家は代々宮殿に勤める家系なんだそうだ。

皇族行事――いわゆる、冠婚葬祭や祭事、宴、交遊会など、皇族が主催するものや、宮殿の年中行事に携わっているとのこと。

そして、彼の肩書きが示す通り、行事を行う上での形式や礼式に関わる分野に精通している。

その礼法指南役というお仕事は、行事が典礼にもとづいて準備されているかの監督だけど、時代に合った礼法の見直しや皇族の礼儀作法の指導も行っているらしい。

「また、古くから伝わる礼法が途切れることがないよう、我がシャピロ家だけでなく、分家筋にも同様の教育をしております」

確かに、不慮の事故だとか、病気などで一家断絶なんてことがあれば、大変なことになりそう。

そんなことにならないよう、一族総出で伝え守り続けているのか。

分家筋の方々は、本家のお手伝いをしながら、貴族の子供に礼儀作法を教える家庭教師的なこともやっていて、凄く評判がいいんだって。

つまり、貴族の間では、シャピロ一族から教わることが一種のステータスになっているようだ。

その有名な一族のトップたるシャピロ伯爵家当主がこの指南役さんなわけで、ルネリュースが光栄だと言う理由がわかった。

「それでシャピロ卿の所作は柔らかく美しいのですね」

「柔らかいですか？」

「はい。わたくしたちを威圧しないようにというはいりょだと思われますが、所々に女性の所作を用いていますよね？」

男性と女性では、礼儀作法の所作が異なる部分が少なからずある。

それは、性別上の骨格の違いからだったり、着用している服装の違いからだったり、要因は様々だけど、目的は変わらない。

相手を敬う気持ちを伝え、なおかつ、自分を表現する。

つまり、所作一つで相手に与える印象が変わるのだ。

「よくお気づきになられましたね」

皇族と接する機会が多いからか、彼らがしない仕草を指南役さんがしていたのが気になっただけなんだけど。

異性の所作をこれだけ自然にできるってことは、女性の礼儀作法も身につけているってことで……。

これは私も気合い入れてやらないと、オスフェ家の恥になりかねん！

「わたくしもまだまだ未熟ですので、ご指導お願いいたします」

他国の人間だからと甘やかさなくていいよって暗に示す。

指南役さんの笑みが深まったので、ちゃんと通じたようだ。

「では、謁見の間に参りましょう」

みんなで謁見の間に移り、授与式の流れを説明された。

そして、陛下の前で取る礼の仕方、褒賞の受け取り方などを教えてもらい、実際にやってみる。

心配だったユアン君とアイリーナちゃんも、すぐに所作を覚えられたのはよかった。

獣人は運動神経がいいし、体幹もしっかりしているから、体で覚えやすいのかも。ちょっと羨ましい……。

みっちり二時間ほどリハーサルして、本番に挑みます‼

◆　◆　◆

陛下と皇后様のお出ましを待つだけとなった謁見の間では、小声で会話をしている人がいても静けさの方が勝っていた。

つか、普通にしゃべってんのクレイさんだけじゃん。

玉座がある高座の近くに控えているけど、何やらダオと楽しげな様子。

あとは、宰相のゼアチルさんを筆頭に、陛下の側近や子供交流会に関わった部署の方々、子供たちの両親が控えている。

ちなみに、私の保護者代理のお姉ちゃんもそこに並んでた。

ムシュフシュは姿を消した状態で部屋の端っこにおり、緊急時以外動かないようお願いしてある。

気配に敏感な獣人には、すでに気づかれていると思うけど。

本日の護衛係は、私の後方にパウルが付き添い、グラーティアはいつも通り私の頭に隠れていて、白は……なぜかうさぎさんリュックと私の背中の隙間にいる。

白に、見えないところに隠れるよう言ったのは私だけど、いつもは服の中に隠れるから予想外だったよ。

他の子たちは参列者に紛れたり、思い思いの場所に潜んだりしている。

ノックスだけが堂々とお姉ちゃんの肩に乗っており、お姉ちゃんの美少女っぷりと合わさってかなり目を引く。

「皇帝皇后両陛下、御出座《おでま》しにございます」

一斉に皆が礼をとる。

ガシェ王国の臣下の礼よりは楽だけど、お辞儀の角度をキープするのが意外と大変だ。

頭、首、背中を一直線にし、胸を張ったまま腰だけを曲げる。

これ、油断すると頭だけが深くなったり、肩が前に出たり、お尻が突き出たりと、不格好な礼になってしまう。

さっきのリハーサルでも、指南役さんに何度かお尻を注意されちゃったし……。

陛下からお許しが出たので頭を上げると、ばっちり陛下と目が合った。

見るからに上機嫌な陛下。もうちょっと威厳をまとっていただきたいと思ったのは、私だけではないはず。

「まずは、子供交流会で行われた宝探しでの優勝おめでとう。種族や身分に捉われず、今まで知らなかったことを知り、見えなかったものが見えたのではないかと思う。それが些細なことだったとしても、君たちはその分成長している」

そのあとは要約すると、種族に対する偏見や先入観での決めつけなど、色眼鏡で見るような大人にならないでね的な言葉が続いた。

陛下のちょっと説教じみたお話を、子供たちは真剣な表情で聞いている。

私はなんだか生徒に戻った気分だよ。校長先生の話長いなぁって。

しっかり猫をかぶっていても、ユーシェには私が集中できていないことがわかったようだ。

だからか、話を早く終わらせろとでも言うように、先ほどから陛下にちょっかいを出しまくっている。陛下の髪を食《は》んでみたり、鼻面を押しつけてみたり。

そんな状況でも陛下はキリッとした顔を崩さず、話を続けているのが面白い。校長先生の話から、笑ってはいけないコメディ番組になってしまっているな。

陛下に甘えるユーシェの姿を見て、ミーティアちゃんは目をキラキラからギンギラに変えて感動しているので、これはこれでありということにしよう。

「それでは、君たちに褒賞を授けよう」

陛下が手で合図を出すと、身分の高そうな人とトレイを持った侍従が現れた。

最初に私が呼ばれたので、一歩前に出てから一礼。

「子供交流会での活躍を賞して、ライナス皇帝陛下より記念品を下賜《かし》する」

「拝受《はいじゅ》いたします」

小さな表彰盾を受け取り、元の位置に戻る。

下賜を受ける順番は爵位や家格で決まるとシャピロ卿が言っていた。私の次は侯爵家のルネリュースで、その次は子爵家のミーティアちゃんと続く。

同じ子爵位でもフェリス君よりミーティアちゃんが先なのは、ミーティアちゃんのお家が総帥さんの一族に連なる貴族だかららしい。

ユアン君とアイリーナちゃんは平民だけど、軍人である父親の階級によって順番が決まったんだって。

ルネリュースの名が呼ばれた。ルネリュースは高位貴族の子息なだけあって、表彰盾を受け取る姿が凄く様になっている。

ミーティアちゃんは緊張からか、ピンと立てた尻尾の先がピクピクしていた。

フェリス君、ユアン君、アイリーナちゃんと、みんなが盾を受け取るのを見守る。

ユアン君とアイリーナちゃんも、翼や耳が動いたりするかなってガン見していたけど、目に見える変化はなかった。残念だ……。

全員が無事に表彰盾を受け取ることができてほっとした。こんな場面で失敗したら、トラウマものだからねー。

気持ちが少し軽くなったところで、私は手に持っている表彰盾をじっくり見る。

ダオが楽しみにしててって言ったから、ちょっと期待していたんだけどなぁ……って金貨!?

表彰盾には二枚の金貨がはめ込まれていて、その下に私たち全員の名前が彫られている。

しかもこの絵柄、宝探しに使った記念硬貨では？

表裏は不明だが、片面はたまご型宝箱とライナーシュの花で、もう片面は噴水の絵柄。噴水の絵柄は、翠閑宮《すいかんきゅう》の庭にあるやつだと、今さら気づいた。

あと、こういう表彰盾って、イベント名とか優勝って文字が入るものだと思っていたけど、これにはない。

代わりに『願いを叶えたくば金貨を捧げよ』って言葉が刻まれている。

「では、その金貨について説明しようか」

ふむ。やはり何か仕掛けがあるのかな？

「君たちが手にしたものこそが、子供交流会の本当の宝物だ。何か困ったことが起きたら、その金貨を持って宮殿においで。金貨と引き換えに、君たちの願いを叶えよう」

……金貨を捧げよってそういうこと!?

冒険ものの物語とかでよくある、伝説の宝を捧げたら願いが叶うパターンを実際にやっちゃうの??

ぶっちゃけ、これだけでも家宝になるレベルの品物だけど……だからか！

つまり、陛下に下賜されたものを手放してでも叶えたいと願う、それくらい必死なことに限り、力を貸してくれるってわけか。

でも、私は金貨を使うことはなさそうだなぁ。

子供たちは金貨の説明を聞いてびっくりしていたけど、その後はソワソワと落ち着きをなくしている。

「どうしたの?」

小さな声で尋ねると、ミーティアちゃんが何か言った。

ミーティアちゃんが小声だったので聞き取れず、間にいたルネリュースが答えてくれた。

「願いはなんでもいいのかと。陛下に直接お尋ねするわけにはいかないから、あとで大人に聞こう」

ミーティアちゃんはそれを聞いてコクリと頷く。

自分から陛下にお声をかけてはいけないと、指南役さんからも言われているので、ルネリュースの対応は間違ってはいないんだけど……。

私は陛下の方を見やる。すでに陛下は私たちを見ていて、目線で合図してきた。

さては精霊を使って、こちらの会話を聞いているな?

「ネフェルティマ嬢、何か聞きたいことはあるか?」

「はい。願いを叶えるとは、具体的にどのようなことなら許されるのでしょうか?」

願いを叶えると言っても、内容によってはできることとできないことがある。

陛下が真っ先に挙げたのは、法律や規律に反することはダメだってことだった。まぁ、当然だよね。

「例えば、お店を開きたい、国外に行ってみたいなどの願いは叶えられる。あと、お金が欲しいもね」

陛下曰く、お店の場合は、資金の調達から建物等の事務手続きまでお世話をする。国外に行く場合は、その国のトップに、ちょっとうちの子よろしく〜って圧力という名のお願いをしてくれるそうだ。

そしてお金はというと……。この金貨を陛下の名前で競売にかけ、売れた金額を渡すつもりらしい。足りなければ、ポケットマネーから下賜金《かしきん》を出すとまで言っている。

ここまで至れり尽くせりだと逆に恐ろしい！

「ネマ様、軍部に入りたいという願いは、叶えられる方に含まれるのか？」

「え？　ルネリュース、軍人になりたいの？」

侯爵家の嫡男が軍人⁉

意外すぎる質問にびっくりしていると、ルネリュースは必死に否定する。

「俺じゃなくてミーティア嬢がだ！」

小声で怒るって器用だな……じゃなくて、ミーティアちゃんがだと⁉

いや、獣人の貴族は軍部関係の家が多いから、ミーティアちゃんが軍人になりたいって思うのはおかしくないんだけど……。

内気なところがあるミーティアちゃんと軍人のイメージが結びつかない。

「では、宮殿や軍部で働きたいっていうお願いは叶えられますか？」

「そうだな……できるのは口利きくらいだろう。宮殿で働いている者たちも、軍部で働いている者たちも、皆、試験に挑み、選ばれた者たちだ。その試験を受けずに門を潜《くぐ》ることは認められない」

宮殿や軍部で働く人は、いわゆる公務員的な存在だ。

採用されるには、相応の試験に合格した上で、身辺調査なども行われているのだろう。陛下が口利きをしても、どこまで配慮されるかはわからないということか。

他に聞きたいことはないかと、子供たちに視線で問う。

しかし、陛下の言葉をちゃんと理解できているのはルネリュースとミーティアちゃんだけみたい。

ユアン君は表彰盾をガン見しているし、アイリーナちゃんは心ここにあらずの状態だし、フェリス君は固まっている。

……大丈夫かな？

「もう聞きたいことはないかな？」

「はい。ありがとうございます」

「では、私たちがいては子供たちも気を抜けないだろうから、これで失礼するとしよう」

陛下が立ち上がると、皇后様をエスコートして退席された。

「陛下のご厚意だ。皆、歓談を楽しまれよ」

クレイさんがそう告げると、張り詰めていた空気が緩み、ざわめきが大きくなる。

「はぁー、緊張した。にしても、すげーもんもらったな」

ユアン君は大きく息を吐いたあと、表彰盾を目の前に掲げ、喜びを全面に表す。

「ネマ！　どう？　驚いた？」

クレイさんと一緒にやってきたダオの表情は、凄く楽しげだった。悪戯が成功したやんちゃ坊主みたいだ。

「うん、びっくりしたよ！　でも、こんなことして大丈夫なの？」

子供にあげるには過ぎる内容の褒賞だから、ダオが無理をしたんじゃないかと心配になる。

「心配いらないよ。今回は注目される必要があったから、あえて大げさにしただけだ。陛下も納得されている」

ダオの代わりにクレイさんが答えてくれたけど、あれか！

風聞誌《ふうぶんし》を使った宣伝戦略のために、授与式を行って目立つようにしたと。

「それに、先ほど陛下は仰らなかったけど、願いごとの件は限定的なものなんだ」

クレイさんは私たちを見つめ、言葉を続ける。

「金貨を代償に願いを叶えるのは嘘ではない。しかし、陛下と君たちの間での口約束となる。一応、記録には残るけど、その権利を行使できるのは君たちだけ。大事に取っておいても、子や孫には継承できない。君たちが頑張った成果なのだから、君たちが使うべきだと思う」

つまり、世代が変わると効力を失うってことか。

子供たちはいい子だけど、子や孫もそうだとは限らないもんね。悪用される危険もあるわけだし。

「でも、みんなとの思い出をお金にかえるみたいで、わたしは嫌だな」

アイリーナちゃんがぽつりと呟いた。彼女がしょんぼりしているせいか、お耳も元気がないように見える。

「そうは言っても、おれたちは平民だぜ。金がないと生きていけないんだぞ？」

ユアン君からは、現実的な意見が出た。必要になったら金貨を使うことを、もう心に決めているのだろう。思い出じゃ、お腹は膨れないしね。

「アイリーナちゃんが、私たちとの時間を大切に思ってくれているのはうれしいな。もし、金貨を使うか悩んだときは、私たちに相談して。いっしょに、使わなくていい方法を探そう？」

私たちと、勝手にみんなを巻き込んでしまったけど、ルネリュースもミーティアちゃんもフェリス君も賛同してくれた。

「みんな、ありがとう！」

ニパッと弾ける笑顔を向けられ、その純粋さにきゅんとなる。

可愛さのあまり抱きつこうとしたら、行動に移す前に制止された。

「ネマ、だめ」

さっきまでご機嫌だったダオの顔が、不機嫌そうな表情になっている。

ん？　これはもしかして……。

「親友はダオとマーリエだけだよ」

周りに聞かれないよう耳打ちすると、ダオは顔を赤らめながら微笑んだ。

「うん。僕とマーリエが一番だよね？」

仲のいい友達を取られるのではないかと、不安になったのだろう。

「もちろん！」

私も笑顔で返した。

そんな私たちを、クレイさんが微笑ましそうに見つめてくる。

ちょっと恥ずかしいので、見ないでもらっていいですか？

「……たら怖いでしょ？」

ダオとコソコソしている間に、おしゃべりの話題が移っていた。

何が怖いって？

「信用のおけるところに預けるのはどうだ？」

「飾っておきたいのになぁ……」

どうやら、表彰盾をどうするかを相談しているみたいだが？

「アイリーナさんが、強盗に狙われたらと心配しているんです」

私が話についていけてないことを察したフェリス君が教えてくれた。

それを聞いたダオが、ちゃんと対策していると告げる。

「その金貨は精霊が見張ってくれているんだ。金貨を狙う者が現れたら、軍部が駆けつけるから安心して」

そんな対策が取られているとは！

というか、いろいろやり過ぎなのでは？　あとで後悔しない？　返せって言われても返さないよ⁇

手に持っている表彰盾が、妙に重たくなったように感じる。


後日、授与式のことが大々的に風聞誌に載ったらしい。

子供交流会の記事よりも話題になっていると、クレイさんがわざわざその風聞誌を持って教えにきてくれた。各所から問い合わせが殺到しているとも。

陛下の目論見通りになったのはよかったんだろうけど、いいところを取られた感じがして釈然《しやくぜん》としない。


久しぶりに三人で遊ぶ日。

マーリエが来るのを待っている間に、私が感じた不満をダオにこぼす。

しかし、ダオはそれでいいんだよと、気にならない様子だ。

「なんで？　せっかくダオががんばったのに……」

「父上の……陛下のお役に立てたってことは、巡りめぐって帝国民のためになるからね」

自分の名誉より民のことを思うダオの言葉に、私はそれ以上何も言えなかった。

でも、これだけは知って欲しいと、私の気持ちを伝える。

「ダオが立派に主催を務め上げたこと、ダオをしたう人たちはちゃんと覚えているからね。もちろん、私もほこらしく思っているわ！」

「ありがとう、ネマ」

ダオの嬉しそうな顔を見たら、私のもやもやなんて些細なことだと思えた。

「マーリエが来たら、何して遊ぼうか？」

「そうだなぁ……水の玉みたいに魔法を使った遊びがいいな」

水風船もどきなら、まだストックがたくさんあるんだけど、別の魔法となると……。

魔法を使った遊びを考えているうちにマーリエが到着したので、三人で案を出し合った結果、泥遊びに決まった。

マーリエはちょっと不服そうだったけどね。

閑話　レイティモ山の現状。前編　視点：森鬼

目の前で揺れる焚き火の炎を見つめながら、なぜ主の兄がこんな場所で野営するなどと言い出したのか理解できないでいる。

主の兄が突然やってきて、ゴブリンたちが奇妙な行動をしていると主に相談を持ちかけた。

話を聞いて、俺はまた変なことを覚えたな程度にしか思わなかったが、主たちは違った。

レイティモ山があるシアナ特区を任されている者たちの意見を重く受け止め、群れを分けて、別の住処を用意するとまで言い始めたのだ。

まぁ、主の好きなようにすればいい。

レイティモ山しか知らない個体が、外に出たいと思っているかもしれないしな。

群れを分けるかどうかは、新しい住処の候補地を見て、スズコたちの意見を聞いてから俺が決めていいと主は言った。

だから、主の兄とともに新しい住処の下見に来たのだが……。

「このヒェルキの森は、以前にゴブリンが住み着いていたこともあるそうだから、条件は整っていると思うけどどうだった？」

主の兄は、小さな転移魔法陣から送られてくる食事を並べながら俺に問う。

携帯食や軍部の食堂で出される食事ではなく、主が普段食べているようなしっかりと作られた

ものだ。

料理には木の器が使用されているので、送る側も野営中なのを理解しているはずだが……。

「確かに池があり、寝床となる坑道もあって条件は揃っている。だが、森自体が小さく、レイティモ山から遠いことが気になる」

主の兄が最有力だと言っていた理由はそれだった。

ゴブリンがいただけあって、森の中には多少濁ってはいるが飲み水とするのに十分な池があり、放棄された坑道は寝床に最適ではある。

だが、ディー殿に乗って上から見た限りでは、この森はレイティモ山より狭い。

そして、一番の問題がレイティモ山から遠く、この森にたどり着くには見晴らしのよい平野を越えなければならないことだ。

「ゴブリンは隠れ住む習性がある。オスフェ領は森が多く、移動にも困らなかったが、あの平野を越えるのは難しいな」

「オスフェ領はほとんどが山林地帯だけど、ディルタ領は逆に平地が多いんだ」

主の兄は食事の手を止め、何やら考え込み始めた。

今思えば、魔物がオスフェ領に集まったのは、ルノハークに追われたこともあるが、隠れられる森が多かったのも一因だろう。

主の兄に渡された料理を食べながら、当時のことを思い出す。

初めてルノハークらしき冒険者と遭遇したのは、俺がまだゴブリンの頃だった。

俺がいた群れは大きく、ホブゴブリンも多くいた。そのため、冒険者などの人に見つからないよう、群れの長は常に対策を取っていたな。

人の気配を感じたらすぐに住処を変えたりと、一個所に長期間留まったことがない。

ルノハークらしき冒険者を見かけたときも、すぐに移動した。

しかし、人の気配はどこに行ってもつきまとってくる。

一匹のホブゴブリンがそれに痺れを切らし、十数匹のゴブリンを率いて突破しようと試みるも、結果は全滅。

それ以降、長はひたすらに逃げることを選んだ。

住みやすかった鉱猟《こうりょう》の森を出て、ワイズ領の山岳地帯を越えて、とにかく安全な場所を求めた。

長は山岳地帯で滑落して死に、群れの仲間たちも飢えや動物に襲われたりして数を減らしていく。

俺が生き残れたのは運もあっただろうが、変わり者の兄のおかげだ。

移動しながらの食料確保は難しく、オスフェ領の森に入るまではそこら辺の雑草を食って飢えをしのいでいた。

兄は小さな昆虫や木の実を見つけると、自分では食べずに俺に譲ってくれた。他にも同じ雌から生まれたゴブリンがいるのに、なぜか俺にだけ。

ゴブリンは兄弟という認識はあまりせず、群れの仲間ということを重要視する傾向が強い。

だから、兄は変わり者だと、群れのみんなから言われていた。

そんな兄の最期は、人の襲撃から逃げる際に俺を庇って殺された。

なぜ俺を庇ったのか、兄が何を思っていたのか。当時の俺には理解できなくて……。

主と出会い、愛し子の騎士となって知識を得、家族というものを直近で見た今だから思うことがある。

兄は、より人に近いゴブリンだったのだと。

主がパウルに叱られるときに主の姉が寄り添うように、兄も俺に何かしたかったのだろう。

俺がもっと早くホブゴブリンに進化できていれば、兄は死なずにすんだかもしれない。

見捨てていくしかなかった兄の亡骸《なきがら》が脳裏に浮かぶ。

だが、主の兄の声で、現実へと呼び戻された。

「魔物たちは、馬車での移動に耐えられるかな?」

「馬が怯《おび》えるだろうな」

中が見えないようにした荷馬車なら、人の目を気にすることなく移動できる。

しかし、馬は魔物の気配に敏感だ。

ゴブリン数匹なら蹴り殺して逃げたりするが、ホブゴブリンがいる場合は近寄ることすらしない。コボルトもいたらなおさらに。

「魔物に慣らしてある馬はいるにはいるけど、連れてくるのは難しいな」

オスフェ家には、獣騎隊の馬のように特別な訓練を施した馬がいると聞く。

その馬は訳ありな場所で使用されているので、国内にはいないらしい。

いたとしても、俺が同行することになれば、俺の気配に怯えて使いものにならないと思うが。

「やっぱりシンキを連れてきて正解だったよ。僕では、ネマみたいに魔物を理解してあげられないから」

「いや、それが通常だ。主の方が変わっている」

愛し子の特性とも言うべきか、過去にいた愛し子たちも変わった性格をしていたようだ。

主は、聖獣も魔物も動物も、全部同じだと思っているのかもな。

食事を終えて器を返したら、今度は寝袋が送られてきた。

主の兄は、寝袋の中には入らず地面に敷き、毛布を体に巻いてからディー殿に寄りかかる。

どこか楽しそうな表情は、主とそっくりだった。

「僕は、妹たちには自由でいて欲しいと思っているんだ」

ディー殿の鬣《たてがみ》を撫でながら、主の兄は呟く。

俺の返事を欲しているようには見えないので、ただ聞いてもらいたいのだろう。

「やりたいことをやって、言いたいことを言って。成功も失敗も、様々なことを経験させてあげたい」

黙って聞いていようと思ったが、気になったので俺は口を開いた。

「お前ができなかったからか？」

俺のお前呼びを気にすることなく、主の兄は答える。

「……そうかもしれない。でも僕は、オスフェの跡取りであることに誇りを持っている。諦めたものも多いけど、後悔はしてないよ」

主が遊んでいるときも、主の兄と姉は学院とやらに行っていたな。

屋敷にいても、剣術や魔法の稽古に、主の父親の手伝いにと忙しくしていたことを思い出す。

諦めたのは、主とともに遊ぶ時間か、それとも……。

「お前がそう思っているということは、諦めたつもりでも諦められないことがあるんじゃないのか？」

「……一度でいいから旅をしたいんだ。父上のように冒険者を経験するのもいいけど、僕はいろいろな場所を自分自身の目で見て回りたい」

正直、なんだそんなことかと肩すかしを食らった気分だ。

主みたいに、変なものを作りたいとか、やりたいと言い出すのかと思った。

「できなくはないだろう？　仕事とやらは他の奴にやらせればいいし、ディー殿がいるのだから護衛も必要ない。どこにでも行けるのに、何が問題だ？」

いや、問題ならあるな。

主が嬉々として、旅についていくと暴走するのが容易《たやす》く想像できる。

「そうか……。ディーが一緒なら旅もできるのか」

「ぐるるるぅ」

ディー殿が甘えるように主の兄へ顔を寄せた。

主の兄は、まだ聖獣としてのディー殿の存在に慣れていないようだ。

今のディー殿は、精霊術も光魔法も使える。スノーウルフだった頃とは違い、常に側にいられる。

「ディー殿や精霊の力を使う、いい練習になると思うぞ。特に精霊《あいつら》は容赦ないからな」

旅をするなら、何かしら事故や災難に見舞われることもあるだろう。自分だけの力で対処できないとき、ディー殿や精霊の力を借りるとしても、加減を知らなければ余計に悪化する。

「力を使う……。わかった、心に留めておくよ」

一通り話をして、明日は早めに出発するからと、早々に寝ることになった。

俺も寝袋には入らず、上に寝転がる。

野営するとわかっていれば、吊床《つりどこ》を持ってきたのにな。

◆◆◆

以前に来たことのある、ミューガ領とイクゥ国の境に近い山。その山から一つ頂《いただき》を越えた渓谷が候補地だった。

そこは、虫が大量発生していた山とは異なり、地盤が固く、川の両岸には浸食でできた岩陰や洞穴がいくつもある。

レイティモ山と比べると危険な場所も多いが、そのため人が立ち入りづらく、住処とするなら最適だ。

そして何より、昨日の森よりレイティモ山に近い。

「シンキの言っていた条件は揃っていても、レイティモ山やレニスの森とは雰囲気が違うからどうかなって思ったけど、ここが気に入ったみたいだね」

「あぁ。群れを分けるならここにしよう」

魔物の移住先が決まり、俺たちはそのままシアナ特区へと向かった。

主の兄は、シアナ特区を管理している者たちと会わなければならないので、俺だけでレイティモ山に入る。

転移魔法陣で飛ばされた先は、コボルトの集落に近い場所だった。

コボルトとの話を先に終わらせようと山を登れば、早速罠が出迎えてくれる。

罠を避けずに、飛んでくる石や杭を叩き落としながら進んでいると声をかけられた。

「シンキの兄貴、何やってんだよ！　罠は壊すなっていつも言ってんだろっ！」

「フィカか」

草の氏《うじ》のハイコボルト、フィカが木の上から下りてきた。

「……今日は兄貴だけ？　ちびどもは？」

「今回は俺だけだ。セーゴとリクセーは主とライナス帝国にいる」

フィカは草の氏長の子であり、セーゴとリクセーの兄でもある。

コボルトの集落周りに設置している罠のほとんどは、このフィカが作ったものだ。

「つまんねーの。じゃあ、オレのあとについていきて。絶対に罠を発動させるなよ！」

フィカのあとについていき、コボルトの集落へ出る。

以前見たときよりも、集落が大きくなっているのは気のせいか？

フィカは集落の広場を通りすぎ、以前にはなかった建物に入っていく。

「シシリー様、シンキの兄貴が来てるぜ」

フィカが我が物顔で扉を開けた先では、コボルトの長シシリーと見覚えのある女がいた。

「また怠けにきてんのかよ、ベル」

「今日はヒールランさんから頼まれたんです！」

フィカと女が言い合いをしている間に、シシリーと挨拶を交わす。

そして、シシリーはキャンキャンとうるさいフィカを追い出し、俺が来た理由を問う。

「群れを分ける話が出ている」

「ベルに詳しい話を聞いていたところだ」

それでこの女がいたのか。

シシリーは、レイティモ山の現状とコボルト側の意見を話してくれた。

ルノハークに追われていたときと比べ、群れは安定している。

だからこそ、他の群れがどうしているのか、できるなら交流を再開したいと。

「他の群れを混ぜなければ、弱い子しか生まれなくなる。それはゴブリンも同じだろう？」

群れを分けたり、他の群れを受け入れたり、ある程度の変化を起こさないと、弱い個体ばかりが生まれて、成体になる前にほとんどが死ぬ。

「それに、ここでは簡単に進化の条件が揃ってしまう」

ハイコボルトたちは新人の冒険者では物足りないからと、フィリップを始め、腕に覚えのある冒険者たちと稽古をしていた。

また、人とともに生活することで、知識と技術も得た。

ゴブリンの群れにホブゴブリンが増えたように、コボルトの群れも進化の条件を揃えた個体が出始めたと。

「普通なら、同じ群れから何体もウェアウルフに進化することはない。ネマ様も、こんなふうになるとは考えていなかっただろう」

進化の兆しがあるハイコボルトは、ゴヴァとトルフ、そして緑の氏長だと言う。

ゴヴァとトルフは、フィリップとやり合っていたので、進化が早まるのも理解できる。

まさか、あまり戦いを好まない緑の氏長までもが進化の兆しがあるとは驚きだった。

緑の氏は畑仕事だけでなく、この山全体の木々の管理もしているそうで、そのため新人冒険者との遭遇が他のコボルトより多くなっているらしい。

長く群れにいる個体は強くなり、新たに生まれる個体は弱くなる。

「レイティモ山にいる限り、今の生活を変えるのは難しい。だが、この生活を続けるのはよくないと、星にも出ている」

「それで、お前はどうしたいんだ？」

「ここを終《つい》の住処と決めた者以外、皆を出すつもりだ」

俺は大きく息を吐いた。

確かに、群れの問題を解決するなら、山の外に出るのが一番簡単だ。しかし、新人冒険者に魔物との戦いを経験させることが難しくなる。

「主がそれを許すとは思えない」

そうは言ったものの、シシリーが強く望めば、主は叶えようとするだろう。シシリーもそう思っているのか、我らの救いの星は今も変わらずネマ様だと、自慢げに告げた。

「なに、コボルトとの戦い方は残った者が教える。過程は変わるが、得られる結果は同じだ。レイティモ山だけでなく、シアナ特区自体が変わってきている。私たちもそれに合わせて変わらねばな」

シシリーの決意は固いようだ。

俺としては、ゴブリンたちを変えさせる気はない。

外よりは死なないとはいえ、動物を狩るだけでもあっけなく死ぬこともある。あいつらは弱いから、新人の冒険者と遊ぶくらいがちょうどいい。

「近いうちにシアナ特区の者たちとの場が設けられる。まずはそこで説得してみろ。主へ願いを通したいのであれば、主の兄を引き込めれば優位に働くと思うぞ」

「ネマ様の兄がいるなら、もう一つの話はそちらにした方がよさそうだな」

主に関係することなのに、シシリーが俺に言うべきか悩む理由はなんだ？

「星読みの巫女シシリー、お前は何を見た？　星は何を告げた？」

星読みの氏は、星の動きで先を知ることができるらしい。

それがどれくらい正確なのか不明だが、主に関わることなら聞いておかなければ、あとあと厄介なことになる。

「近いうち、ネマ様の周囲で争いが起こる気配がする」

その争いは、どれを指し示しているんだ？

聖主《せいしゅ》とやらが率いるルノハークか、不穏な気配がする獣人の問題か。それとも、いまだ燻《くすぶ》り続けている大陸南西部か。心当たりが多すぎる。

「今回は特に気をつけた方がいい」

「前にも主に関するお告げがあったのか？」

シシリーによると、主がこの国を離れてから数回あったそうだ。

しかし、主が災難に遭うというより、主の周囲にいる者へ災難が降りかかり、主は守られることがわかっていたから伝えなかったと。

それを聞いて、納得した。

ドトル山のときも、交遊会のときも、ミルマ国のときも……周りにいる人の方が酷い目に遭っていたな。

それなのに、今回は主にも危険がおよぶ可能性があるのか。

「パウルに伝えておく。星に変化があれば、すぐに教えてくれ」

そこら辺を飛んでいる風の精霊を捕まえて、シシリーのお告げがあれば声を届けるよう命じる。

『しょうがないなぁ。ぼくがシンキの力になってあげるよ！』

虫が偉そうに胸を張るので、指で弾き飛ばす。

『暴力反対！　愛し子に言いつけてやるぅぅぅ‼』

虫の相手をするときりがない。

しばらく無視をしていれば、精霊は飽きて他のことに興味を移した。

必要なことは聞いたので、ゴブリンのところへ行くと告げるとシシリーに驚かれた。

「こちらへ先に来たと知れば、スズコたちもいい気はしないだろう」

「ゴブリン、コボルト双方の意見を聞けと、主からの命令だ。たまたまこちらが近かっただけだ」

「慕ってくれる者をあまり無下にしてやるな」

今は、俺よりも主を慕っていると思うがな。

「シンキさん、スズコさんのところへ行くなら、ご一緒してもいいですか？」

「…………」

この女がいたことをすっかり忘れていた。

「ヒールランさんの部下のアリアベルです！　ほら、キャスの町で会った……」

「いや、覚えてはいる。主が拾った奴だろう？」

俺がそう言えば、アリアベルは小さな声で何かを呟く。どうやら、拾った奴という部分に異論があるようだ。

そんな中、シシリーがアリアベルを送るよう言ってきた。スズコとの話が終わったら、俺もヒールランのところへ行くのだからと。

仕方なしに、アリアベルを連れて、コボルトの集落をあとにする。

「お兄ちゃんまってー‼」

集落を出たところで、茶色いコボルトが転がるように駆けてきた。

「よかった……間に合った！」

若いコボルトは草の氏のようだが……。

「お前、ちびか？」

「お兄ちゃん、おぼえててくれたの⁉」

主が眠りにつく前、レニスで保護したコボルトの子で間違いないようだ。

こうして大きくなった姿を見ると、セーゴとリクセーに顔つきが似ている。だが、体格はちびの方が大きい。

下の子の方がでかくなったと知ったら、あの二匹は騒ぎ出すだろうな。

「わなの道、ぼくがあんないするね」

ちびは忙しなく尻尾を振りながら、俺たちの前に出た。

左右に激しく揺れる尻尾を眺めながら、あとについて行く。

「成体になったばかりか？」

何気なく尋ねると、元気に肯定された。

「それなのに、もうそんなに言葉をしゃべれるのか」

魔物同士であれば、鳴き声で意思疎通ができるため、あまり言葉を必要としない。

コボルトは知能が高いこともあり、いつの間にか言葉を使うようになったと言われている。

「ネマ様にお礼が言いたくて、がんばっておぼえたんだ」

「そうか。きっと主も喜ぶ」

喜ぶどころか感動して、ちびの体を余すことなく撫で回すだろう。

「あ！　ネマ様をびっくりさせたいから、ぼくがしゃべれるのないしょね」

主に報告しなくても問題ないと判断し、ちびの願いを聞き入れる。

「そういえば、君の名前は決まったの？」

今まで大人しくしていたアリアベルが、ちびに尋ねた。

コボルトは、長が成体になった子に名付けをする習慣があったな。

「まだないよ。五番目と六番目のお兄ちゃんたちみたいに、ネマ様に名付けてもらえないかなって……」

「ネマ様なら絶対、素敵な名前をつけてくれるわ！　ね、シンキさん？」

ちびとアリアベルが、期待のこもった眼差しを俺に向ける。

俺はちびに、主が名付けるとどうなるのか説明した。

聖獣の契約者は名で魔物を縛ることができる。

正しいものの、これは正確ではない。

不完全な種族だから、魔物に名付けると影響が顕著《けんちょ》に現れるというだけだ。

だが、魔物だけでなく、どの種族にも多かれ少なかれ影響は出ている。

他の契約者がそれに気づいているのかはわからないが。

特に主は愛し子ゆえか、名付けの影響が他の契約者より強い。炎竜と真名の契約を交わしていないにもかかわらず……。

「主が炎竜と真の契約を交わせば、より強く名に縛られることになるだろう。名を与えられると、群れよりも、己の氏よりも、主を優先せざるを得なくなる。それを後悔することがあるかもしれん。主に名をねだるなら、よく考えるんだ」

そう言ってちびの頭を撫でた。

俺はほぼ強制的に愛し子の騎士にされたが、それを恨むこともなければ、主に名を与えてもらったことに後悔もない。

しかし、群れと離ればなれにされたスピカ、セーゴ、リクセーはどうだろうか？　己の決断を後悔したことがあってもおかしくない。

「……わかった。お兄ちゃん、おしえてくれてありがとう！」

罠の区域を抜けたところで、ちびと別れる。

アリアベルはなぜか不満そうな表情をしていたが、俺に何か言ってくるようなことはなかった。

途中、視界に入った獲物を仕留め、遭遇したゴブリンたちを引き連れて、巣に到着した。

「長!?」

スズコが驚き、他のゴブリンたちは嬉しそうに俺を取り囲む。

そいつらに仕留めた獲物を渡すと、涎を垂らしながら解体しにいった。

残った数匹のゴブリンは、周囲を見回しながら落ち着かない様子だ。

「長、主様はどこ？」

「ギィーッ！」

スズコも残ったゴブリンたちも、主の姿を探していたのか。

「俺だけしか来ていない」

俺が答えると、皆あからさまに落胆して見せた。そして、ギーギーと騒ぎ立てる。

ここに残ったゴブリンは、俺がホブゴブリンのときに同行していた者たちばかりだな。

そんなに主に会いたかったのか？

「それより、スズコに話がある。お前たちは獲物を捌《さば》くのを手伝ってこい」

まだ騒いでいるゴブリンたちを巣から追い出し、スズコと群れを分ける件について話す。

「群れ、出ていきたいものは好きにすればいい」

スズコからは予想通りの答えが返ってきた。

群れに入るゴブリンには警戒するが、群れから出ていく場合はこだわらないからな。

外に出ていきたいものがいるかを確かめるから、明日は狩りに出ず、全員巣にいるよう言いつけた。

狩りに出ているものたちが帰ってくればさらにうるさくなるので、俺は早々にレイティモ山を出ることにする。

「シンキさん、今日はどちらにお泊まりですか？　案内しますよ！」

そういえば、どこに行けばいいのか聞いていなかったな。

「知らん」

「ラルフリード様とご一緒だったんですよね？　とりあえず、ロタ館に行ってみましょう！」

アリアベルは急にやる気に満ちた顔をして、俺の前を歩き始める。

主の兄の居場所を精霊に聞いたら、ロタ館ではなく、ヒールランがいる事務所とやらにいた。

閑話　レイティモ山の現状。後編　視点：森鬼

朝も早くからレイティモ山に入り、ゴブリンの巣へ向かった。

スズコに言いつけていたので、皆狩りには出ずに巣の周りで遊んでいる。

「おさ！」

真っ先に俺に気づいたのはシュキだ。

シュキの声で、他のゴブリンたちも気づき、あっという間に囲まれる。

「みんな揃っているか？」

スズコとトーキもいることを確認して、俺は全員に告げた。

「群れを分けるつもりだ。この山の外に出たいものは前に出ろ」

「そとでたい。すみかない」

シュキが一歩前に出て、外に出ても住処がないと片言で訴えた。

「コボルトと一緒にはなるが、新しい住処はすでに用意している」

住処の心配はいらないと伝えれば、今度は俺も一緒に行くのかと聞かれた。移動の間だけなら
と返すと、シュキは俺を睨む。

「おさ、なぜもどって、こない！」

シュキは、俺を群れから引き離したのが主だと思っており、だから嫌っているのだろう。

主のことを知らないものが増えたとはいえ、群れの上位のほとんどが主を慕っているから居心地が悪いのかもな。

「主の側を離れるわけにはいかない。今回が特別なだけだ」

シュキは悔しさをにじませながら、なおも俺を睨みつける。

「おれとたたかえ！　おれがかったら、おさ、おれといっしょにいる！」

俺に勝って、群れでの序列を逆転させるつもりか。面白い。

外へ出るならば、シュキの実力を見ておきたかったしちょうどいいな。

他のゴブリンたちを下げ、シュキと向かい合う。

「いつでもかかってこい」

シュキが手を出しやすいようにあえて隙を作り、軽く挑発する。

雄叫びを上げながら、俺の顔目がけて拳を繰り出すシュキ。

俺は足場をずらしながらそれを避けると、シュキもすかさずもう片方の腕を横に振った。

何度かシュキの攻撃を避けながら、俺は奴の動きを観察し、攻撃の傾向を見極める。

下から来る拳を受け止め、お返しにと奴の腹に拳を叩き込んだ。シュキは少しよろめいただけで、俺の間合いに入ろうと一歩踏み出す。

俺はシュキの側面に回り込み、引いている足の膝を狙って蹴った。重心が崩れ、地面に手をついたシュキに今度は膝蹴りを食らわす。

しかし、シュキが地面を転がるように避けたので、衝撃もたいしたことないだろう。

全身を使って跳ね起きたシュキは、前のめりになって俺に飛びかかる。それを受け止めながら横に流し、体の位置を入れ替えた。その勢いのまま、背後からシュキに抱きつくように腕を伸ばし、足を絡める。

軍部の獣人から教わった技だ。腕や足で首を絞めて落としたり、四肢の関節を曲がらない方へ力を加えたりと、技の種類がいくつもあった。

「ギ……ギィ……」

抜け出そうともがくシュキ。だが、もがけばもがくほど激痛を感じているだろう。

「ギギャァ！」

とどめとばかりに力を込めれば、濁った悲鳴を上げ、抵抗する力が弱くなった。

もういいだろうと技を解くと、シュキは涎を垂らしながら激しく咳き込んだ。そして、地面に這《は》いつくばり、全身を震わせた。

四肢に力が入らず、立ち上がることもできないのだろう。シュキは拳を握るも、振り上げることはなかった。

シュキの様子に何かを察したスズコとトーキが、彼を励ますように肩を軽く叩く。

「くやしい気持ち、わかる」

「お前はまだ強くなる。あきらめるな！」

トーキはまだ言葉がおぼつかないが、スズコはかなり上手くしゃべれるようになったな。

シュキとやり合ってみて、まだ強くなる素質を持っていると感じた。

スズコとトーキにはおよばないが、あいつらは主に名付けられた魔物だ。主の周りにいる魔物と同様に、変な影響が出ているのは間違いない。

普通のホブゴブリンとしてなら、シュキは十分強いと言える。

「なぜそんなに強くなりたいんだ？」

主の影響を受けている俺が名付けたから、シュキにも変な影響が出ているのだろうか？

気になったので聞いてみると、なぜかスズコとトーキが答えた。主のために、と。

人の社会では、それを忠誠と受け取るかもしれない。

だが、あいつらのは、ただ主が好きだからという単純なものだ。

主と出会ったときは、俺も群れのために何ができるのかと必死に考えていた。

パウルたちオスフェの使用人を見て、気づいたんだ。

誰かのために強くなるということは、その誰かのために死ぬことなんだと。

オスフェの使用人は、主とその家族を守るためなら、死すら躊躇《ためら》わないだろう。

主が眠りについているとき、パウルに言われたことがある。

『ネマお嬢様にご覚悟が備わるまで、お前は死ぬ気でお嬢様を守り、けっして死ぬことは許されない』

パウルも、主の父にそう命じられたらしい。主が幸せに暮らせるように。

多くの生き物は、親が子を守る。

しかし、人とは不可解なもので、子の心まで守ろうとする。

外敵から襲われる心配のない生活をしているからこそ、そんな余裕があるのだろう。

ゴブリンにはそんなものはない。自分が生き残ることに全力を尽くさなければ、死ぬ。

スズコとトーキを黙らせ、シュキにもう一度問う。

「…………ギギィイ。ギギャ、ギーィイ？」

上手く言葉にできないのか、シュキは鳴き声で答えた。

『死にたくない。弱いままだと、他の魔物に殺されるだろう？』

シュキの答えを聞いて、自分の口元が綻《ほころ》んだのがわかった。

貪欲に、生きることに食らいつく。誰かのためでなく、己が生きるために強くなる。

生きるためには戦いだけでなく、食べられないものを覚えたり、食べられるものが好む場所を知ることが必要だ。

レイティモ山から出なければ、死ぬことはないだろう。その代わり、得られる経験は限られてしまう。

「ならば、自分の群れを作って、己の力で生きていけ」

シュキが求めるものは、レイティモ山にいては身につかない。

主が許すなら、外に出すべきだ。

「まだ確定ではないが、いつでも移動できるようにしておけ」

「おさ、ついてくるか？」

新しい巣までの移動中に、俺が教えられることは教えるべきか。

……主も俺に任せると言っていたし。

「いいだろう」

それから、ゴブリンも群れを分けることにしたと、主の兄に報告し、慌ただしく会議が行われた。

「間に合うようであれば、一度ライナス帝国に戻すから、シンキはここで待ってて」

主の兄は、ラースの契約者に呼ばれているらしく、会議が終わったらディー殿とともにシアナ特区から去っていった。

体が二つあればとぼやいていたので、呼び出されたのは不服だったのだろう。後継者というのも大変なんだな。

俺は、群れのゴブリンたちの相手をしながら連絡を待った。

主の兄がシアナ特区を発って二日後。

ようやく連絡が来たと思ったら、こちらに戻れないと書かれていたらしい。

『ラルフからの手紙届いた？』

俺とヒールランの会話を聞いていた風の中位精霊が問う。

短く返事をすると、風の精霊は主の兄に頼まれたと言って話し始めた。

『ラルフは今、ワイズ領の隠れ家にいるんだけど、ヴィルの命令で遺跡にある古代魔法の文様を書き写す作業をしてる。だから、魔物の移動は愛し子の用事が終わるまで実行しないでって言ってた』

　中位精霊は下位精霊よりまともに会話できるはずだが……。

「遺跡が隠れ家なのか？」

『違う違う。ラルフがいるのは情報部隊の隠れ家で、遺跡はワイズ領の端っこにあるやつね。光の聖獣様の力を使っているから、離れた場所のこともわかるんだ！』

　ようは、主も主の兄も、今は手が離せないから待っていろってことだな。

　主は問題なく過ごせているようだし、シュキたちを鍛える時間にするか。

「主の兄に伝えろ。俺はこのままシアナ特区にいて、移動についていくと」

『わかった。任せて！』

　俺は精霊に伝えた通り、ゴブリンの巣に寝泊まりをし、シュキとシュキについていくことにしたゴブリンたちを鍛えていた。

「シンキ、聞きたいことがある」

　ちょうどトーキを投げ飛ばしたときに、ヒールランが現れた。

　声に出さず、なんだと視線で促す。

「ネマ様は群れを分けることをお許しになると思うか？」

「意図がわからないが、主なら、とりあえずやってみようと言うのではないか？」

　主のことだから、一応あれこれ考えると思うが……。やってみて、駄目だったら次の手を考える、くらいの軽い感覚だろう。

「そうか……そうだな」

ヒールランにも容易く想像できたのか、何やら一人で納得している。

「移住の準備をしておこうと思ってな。何か必要なものはあるか？」

「ゴブリンには何も用意しなくていい。すべてその場で調達させる」

俺がそう答えると、本当にいいのかと念押ししてくるヒールラン。

元は自給自足の洞窟暮らしなゴブリンたちだ。荷物がある方が負担になると言えば、ヒールランは折れてくれた。

「ネマ様から連絡が来たら、すぐに伝える」

「わかった」

久しぶりの洞窟暮らしは、昔に戻ったようで穏やかに過ごせた。

寝台で寝るより、地面に寝る方がいい。

人と似た姿になっても、ゴブリンであることを実感した。

◆　◆　◆

主から群れを分ける許しが下りた。

それとは別に、ヒールランには何か分厚い手紙が送られていたようだが。

主は群れを分けるにあたって、なるべく少数にするようにと条件が出されていた。

まずは環境を調べるためにも、一定期間過ごしてからにするべきだと。

主の意見はもっともだろう。

どの森も、季節が変われば、環境も変わる。

新しい住処は川が近いので、嵐が来れば増水するし、夏は干上がるかもしれない。

精霊たちによると、増水しても水が届かない洞穴がたくさんあるそうなので、大丈夫なはずだ。

それをシシリーに伝えると、彼女はわかっていたのか、すでに選出を終えていると言う。

聞けば、各氏の番《つがい》と生活の氏を中心に集めた一陣、若手やもうすぐ成体の子たちを集めた二陣、年長を集めた三陣と、移動する群れの規模を調整できるようにしていた。

ゴブリンの方は、数が多いとシュキが面倒見きれないので、二十匹程度の群れだ。


夜、人が寝静まる時間に、音もなくレイティモ山の結界が解かれた。

「行くぞ！」

コボルトとゴブリンの群れが、ひっそりとジグ村の横を抜ける。

先頭を行くのは、草の氏の番。雄の方が氏長の二番目、セーゴとリクセーの兄だ。

この新しいコボルトの群れの長は、進化の兆しがある緑の氏長が率いている。

新しい住処までの経路はいくつかあるが、一番人目につかないものを選んだ。

しばらくは海沿いを行く。この海沿いは、崖や岩場が続いているので周囲に漁村がなく、足場は悪いが崖から距離があるので落ちる心配もない。

明るくなる前に、ミューガ領の北にある森に入れるだろう。

狩りや採取をしながら二日ほど森の中を進み、一つ目の難所に到着した。

オーイェン河だ。この河は幅が広く、両岸には町が続いているので、一度上流へ向かう。

「この先は畑が広がっている。夜に動けば大丈夫だと思うが、もう少し上流に行くか？」

セーゴたちの兄エトカが偵察から戻り、状況を告げる。

これ以上上流に行くと、大きな街があるので、ここら辺で渡らなければならない。

「対岸に公園と呼ばれる広場がある。その場所まで行きたいのだが……」

公園がわからず、ヒールランに聞いたところ、誰もが遊べる庭みたいなものらしい。

さすがに夜になっても庭で遊ぶ奴はいないと思い、渡る場所に決めたのだ。

「じゃあ、夜になったらもう一度見てくる」

「いや、俺が行ってこよう。お前は休んでおけ」

俺だけならば、獣人と誤魔化せるからな。

今日は夜間移動になるからと、魔物たちには寝るように言った。

それを聞いたゴブリンたちは、喜んで地面に転がる。

シュキの群れの半数以上がレイティモ山で生まれた若い個体だ。長時間の移動に慣れておらず疲れが溜まっているのだろう。

人がいないかを精霊に確認させてから、森を出た。エトカの言った通り、畑が広がっている。

時期的なものなのか、畑には何も生えていないのも都合がいい。

食べ物があればあいつらは盗るし、魔物に荒らされたとなればこの町の人々が騒ぐ。騎士団が派遣されると、移動どころではなくなる。

河岸には堤《つつみ》が設《もう》けられていて、その上に登ってみた。

少し先に桟橋が見える。畑で穫《と》れたものを船で運搬しているようだ。下流には大きな街があるので、船の方が便利なのだろう。

その桟橋に繋がれている質素な木船は使えそうだ。

おそらく、ゴブリンのほとんどが泳げない。というか、泳いだことがない。レイティモ山の川は浅いし、オンセンでは泳ぐことが禁止されているからな。

船も漕げないだろうから、縄で引っ張るか……。

『シンキ、あそこが公園だよ！』

『子供が遊んでる！』

精霊が指差す先は対岸。

あちら側にも堤はあるが、河に下りられるようになっているみたいだ。これなら、なんとか渡れるだろう。そう判断して、俺は森へと戻った。


夜――。

闇夜に紛れて、魔物たちが動き出す。

桟橋と船のことは伝えてあるので、コボルトが先行して船に縄をつける。その縄を持ったまま、数匹が泳いで対岸まで行く。その間、こちらに残っている者たちで荷物を船に載せた。

準備ができたと合図を送れば、あちらに渡ったコボルトたちが縄を引いて、船を対岸に寄せつける。そして荷物を下ろしたら、今度はこちら側が縄を引く。

船の前後に縄をつけて引っ張り合えば、漕ぐ必要はない。

だが、荷物を載せている状態だと均衡が崩れやすく、途中で転覆するおそれがあるため、コボルトが船と一緒に泳いで渡ることになった。

ゴブリンと比べて身体能力の高いコボルトだが、音を立てずに泳ぐ姿はセーゴとリクセーと同じだと気づき、少し笑ってしまう。

俺は最後まで残り、船を元の場所に戻してから、静かに河へ入った。

主の側にいるならと、オルファンに湖でひたすら泳がされた記憶が蘇《よみがえ》る。

対岸に到着すると、ゴブリンたちが頭を振っていた。

「……何をしているんだ？」

「たぶん、あれを真似ているんだと思う」

エトカが示す先には、体を震わせて、毛についた水を飛ばしているコボルトがいた。

お前たちが頭を振っても、体に毛がないから水は飛ばないぞ？

小さな問題を起こしつつも、移動は順調に進んだ。

ともに生活することで、コボルトの意外な一面も知れた。

コボルトは集団での狩りが得意だと思っていたが、なぜか連携はほとんどできていなかったのだ。

狩りは同じ氏同士で行うので、異なる武器を使う氏とは間合いが取りづらく、遠慮がちになってしまうらしい。

武の氏や盾の氏は前に出がちだし、賢者の氏は一定の距離を保っての魔法攻撃だ。慣れていないのであれば、確かに同士討ちもありえるな。

とは言え、俺が連携を教えられるわけもなく、大きな獲物は手こずりながらも狩っていった。

そして、ようやく二つ目の難所までたどり着く。

ここは城塞となっていて、防衛戦の要だとヒールランに教えてもらった。主のお供で行った、ライナス帝国の軍本部みたいなもののようだ。

国境沿いの砦に物資や人員を送る役割があるため、河が流れるこの地に建てられた。それから人々が住み始め、大きな街道が通り、今に至る。

王国騎士団の重要施設ということもあり、常時見張りがされているし、獣騎隊も常駐して、城塞の周囲に獣舎の獣を放っているとのこと。

迂回することも考えたが、そうすると日数がかなりかかることもあって、ここを強行突破することにした。

「ここから先はどんな猛獣がいるかわからない。獣が襲いかかってきたら、戦わずに逃げるんだ。南に大きな一枚岩がある。落ち着いたらそこを目指せ。けっして、城塞の方には逃げるなよ」

獣舎の獣に追われて城塞の方へ逃げてしまうと、今度は騎士たちに追われることになる。

城塞の灯りが届かない、かつ、獣がいないであろう場所を抜けなければならない。木々はまばらにしか生えておらず、草も身を隠せるほどの丈がないため、ゴブリンには厳しいだろう。

今回だけは俺が群れの先頭に立つことにした。

獣騎隊の獣は魔物を恐れないが、なぜか俺のことは恐れる。なので、すぐに襲ってはこないはずだ。

怯えすぎて、担当騎士のもとへ逃げる可能性もあるが……。

「シンキ、ワイルドベアーのにおいがする。あと、においが薄くて判別つかないものも」

「コボルトの鼻でもわからないのか？」

俺の後ろにいるエトカと、小さな声でやり取りをする。

数種類は連れてきているだろうと思っていたが、ワイルドベアーはさすがに面倒だな。

以前、主がワイルドベアーがどんな生き物なのかを自慢げに教えてくれたことがあった。

『ワイルドベアーはすごくかしこくて、鼻もいいの。体力もあって、力も強い。お肉だけじゃなく、くだものとか甘いものも大好きなのよ。そして、とぉぉってもしゅうねん深いから、気をつけてね。ぼうけん者がワイルドベアーに丸一日追いかけられたことだってあるんだから』

あのときは、自分もワイルドベアーに遭遇したことがあるが、運がよかったんだなくらいにしか思わなかった。

だが今は、ここを抜けたい俺たちにとって最大の障害だ。

気配を殺して、静かに闇に紛れる。

暗闇にいると明るい場所はよく見えるが、明るい場所からは暗闇は見づらい。

そして、暗闇からも浮かないようにしながら、慎重に進む。

『あーあ、見つかっちゃった』

『まったくかくれんぼになってないもん』

『かくれんぼ、する？』

先ほどまで、口に指を当てる仕草をしながらケラケラ笑っていた精霊たちが、突然騒がしくなった。

どうやら、俺たちに気づいた獣が近くにいるようだが……。

「見つかった。エトカ、どこにいるかわかるか？」

『あの子の方がかくれんぼ上手だね』

『ぼくたちは教えてあげないよー』

煩わしい虫は相手にせず、周囲を警戒する。

「上だ！」

声がした次の瞬間、何かがぶつかる音と金属を引っ掻く音がした。

その音にコボルトたちは顔を顰《しか》め、ゴブリンたちは耳を塞ぐ。

『ぎゃーー！　ぼくあの音きらい‼』

『うへぇ……気持ち悪くなった……』

俺の耳元で騒ぎ、頭に乗る虫がうるさすぎて集中できない。

そんな虫どもを捕まえて、そこら辺に放り投げた。

「シンキ、ヤーグルだ！」

盾の氏が木の上から飛びかかってきたヤーグルを防ぎ、武の氏が投げ飛ばしたようだ。

ヤーグルは空中で体勢を整え、音もなく着地すると、こちらを見据えて低く唸《うな》る。

身構えている盾の氏の横に立つと、ヤーグルは唸るのをやめて少し後退った。

さらに一歩前に出ると、ヤーグルは動揺を見せ、ついには身を翻《ひるがえ》す。近くの木の上に逃げたヤーグルだが、それでもこちらを窺《うかが》っている。

俺が離れた瞬間を狙うつもりか？

「全員、ゆっくりと先に進め。俺が足止めしておく」

離れすぎると他の獣に狙われるかもしれないので、少しずつ距離を取ることにする。

ヤーグルが木から下りたと思ったら、すぐさま別の木に登った。

隙をついて気絶させるか？

ヤーグルから視線を外し、聞こえてくる音に集中する。

地表へ下りる気配を感じたら、即座に間合いを詰めた。

奴の後頭部を狙って一撃を放つ。

ふらついてから、ゆっくり倒れるヤーグル。

完全に意識を失ってはいないようで、力なくもがいている。やはり力の加減が難しい。

ラースの契約者がやっていたように、呼吸をできなくする方が簡単なのだが……。

精霊たちから、移動中は力を貸さないと宣言されたので、その方法は使えなかった。

創造神の意思に反するか、世界の理《ことわり》に触れるのだろう。いまだに、その基準がなんなのか理解できない。

ヤーグルをその場に放置して群れに追いつくと、なぜか皆の足が止まっていた。

前方から殺気を感じ、様子を窺うと、大きな影があった。

ワイルドベアーか――。

しかも、三頭もいる。……いや、四頭だ。後ろから、ヤーグルではない殺気がある。

これでは、一斉に逃げても誰かしら犠牲になってしまうな。

ワイルドベアーを刺激しないように前へ出ると、正面の個体が他の三頭に比べて大きいのがわかった。

『あ、ベイだ！』

精霊が大きなワイルドベアーの名を呼んだ。

「知っているのか？」

『愛し子が気に入ってる子だよー』

『よく背中に乗ってた！』

それを聞いて、朧《おぼろ》げながら思い出す。

主が気に入っているとなれば、先ほどのように強引な手段は取りづらい。

どうするかと考えながら、主の言葉を反芻《はんすう》した。

『ワイルドベアーはすごくかしこくて、鼻もいいの』

……効果があるかわからないが、やってみる価値はある。

「ナノ、主の匂いをここまで運べるか？」

『愛し子の匂い⁉』

『できるけど……それでベイを大人しくさせるのなら、力は貸せないよ？』

「俺に主の匂いをつける。それなら問題ないだろう？」

『シンキに⁉』

『え、変態ってやつ⁇』

『セイヘキの方じゃない？』

『愛し子が言ってたセイヘキは、匂いをクンカクンカかぐんだよ！』

……主、精霊の姿が見えないはずなのに、いつの間に変なことを教え込んだんだ？

そういえばと、ディー殿やラースの匂いをよく嗅いでいた主の姿を思い出す。

セーゴやリクセーも、肉球の匂い！　と足を嗅がれる被害に遭っていたな。

これは……パウルに報告した方がいいのだろうか？

思考があらぬ方向に行きかけたが、ワイルドベアーの唸り声で我に返る。

「それで、できるのか、できないのかはっきりしろ」

いまだに変態だなんだと騒いでいる精霊たちに投げかければ、渋っていたのが嘘のように力を貸してくれた。

『どーお？』

『愛し子の匂い、いっぱい持ってきたよ！』

風が体にまとわりつくと、嗅ぎ慣れた匂いを感じた。

主が眠っていた期間を除けば、これだけ長く離れたのは初めてで……懐かしいと思う自分に笑いがこぼれる。

主の匂いをまとい、ワイルドベアーに近づく。

奴らも匂いの変化に気づいたのか、鼻を鳴らしたりと落ち着きがなくなった。

「ベイ。俺たちは害を与えるつもりはない。ただ、行かせて欲しいだけだ」

俺はベイに向かって話しかける。

「獣は言葉がわからないだろ？」

エトカは困惑しているが、獣舎の動物はただの獣ではない。生まれてからずっと、獣騎士の手によって育てられた獣だ。

主によると、特殊な訓練を施され、言葉も理解すると言う。

「主……ネフェルティマ様のためにも、ここは引いてくれないか？」

主の名前を出すと、ベイは俺のことをじっと見つめた。殺気も弱まっているようだ。

一歩、二歩と近づけば、ベイも同じだけ下がる。

そうやって隙間を作り、エトカに進むよう指示を出した。

走ると追いかけてくるので、ゆっくりと、少ない数でワイルドベアーの間を通る。

コボルトたちが無事に抜け、ゴブリンが通ろうとしたときだった。

突然、一頭のワイルドベアーが後脚で立ち上がり、咆哮《ほうこう》とともにゴブリン目がけて前脚を振り下ろす。

「シュキ！」

助けにいくのは間に合わず、シュキの方が先に動いた。

ワイルドベアーの前に立ったシュキは、交差させた腕で前脚の攻撃を受ける。鈍い音がして、微かに血のにおいが漂った。

一頭が興奮したことで、残りの三頭も俺たちを攻撃しようと低く唸り声をあげる。

「すまん」

ベイに謝り、その巨体を地面に転がす。そして、背中から押さえつけて、身動きが取れないようにした。

「走れ！」

どうしていいのかわからず、身を寄せ合っていたゴブリンたちに叫ぶと、こちらを見向きもせずに逃げていく。

そのあとを追おうとするワイルドベアー。

「シュキ、飲み込まれるなよ！」

シュキに一声かけて、俺はそれを放つ。

「ヴアォォン……」

「ヴゥゥゥ」

ワイルドベアーは今までとは違う弱々しい声で鳴き、許しを乞《こ》うように地面に伏せた。

俺が押さえているベイも、恐怖からか小刻みに震えている。

少し可哀想ではあるが、怪我をするよりいいだろう。

ベイの頭を一撫でしてから解放する。自由になってもベイは動かず……いや、ここにいるものはすべて地に伏して動けないでいた。

「飲み込まれるなって言っただろ」

四つん這《ば》いの状態で震えているシュキを立たせる。

シュキの腕に触れたとき、微かだが短く悲鳴が聞こえた。シュキには効き過ぎたか？

シュキを背負うようにして、集合場所である一枚岩を目指す。

あいつらはちゃんとコボルトと合流できているだろうか？

「おさ。さっきの……なんだ？」

「竜の咆哮と同じようなものだ」

生き物の本能に作用する、絶対的強者の威圧。

ようするに、捕食者に捕まったときのような恐怖感を与えて動けなくする力と言ったところか。

俺がそれに気づいたのは、ライナス帝国の軍部の獣人たちと戦ったときだった。

強い獣人には手加減などしていられないと、敵意とも殺気ともつかない何かを発したら、獣人たちが怯えたのだ。

竜種と遭遇したときのような悪寒を感じると、彼らは言っていた。

創造神とやらが植えつけた知識にはなかったが、おそらく愛し子の騎士の能力だと思われる。

そして、この能力は精霊や聖獣にも有効だ。

精霊や聖獣は純粋なゆえに残酷な面を持ち、よかれと思ってやったことが愛し子の害になることもある。

その暴走を抑えるために、与えられた能力なのだろう。

現に、それを発したとたん、あれほどうるさかった精霊たちは姿を消した。

まぁ、今は戻っていて、酷いだの怖かっただの文句を言ってうるさいが。

「ギィーーー‼」

一枚岩が見えると、その周りに座り込んでいる魔物たちがこちらに気づいた。

ゴブリンたちは、俺とシュキの無事を喜び、足元にまとわりつく。

「歩きづらいからやめろ」

そう注意してもやめる気配はなく、遅々として進まない歩みにため息を吐いた。

「シンキ、無事だったか！」

エトカも駆けつけてくれたが、シュキの怪我を見て顔を顰める。

すぐに癒やしの氏と賢者の氏を呼び、癒やしの氏が治癒魔法を、賢者の氏が血や獣臭さを魔法で綺麗にしてくれて、ようやく一息つけた。

「先ほどの騒ぎで、獣騎士が気づいた可能性がある」

普段の獣騎士の様子からみても、彼らは常に獣たちのことを気にかけている。

わずかな時間でも、獣を愛《め》でにきていてもおかしくない。

そして、ワイルドベアーをあんな状態にした奴は誰だと、血眼《ちまなこ》になって探すだろう。

「におい消しを使おう。そうすれば、においの痕跡をたどることが難しくなる」

「におい消しとは？」

「これだよ」

エトカがどこからか取り出したのは、短い紐がついた玉だった。

「これに火をつけると煙が出るようになっている。その煙は、最初……まぁ酷い臭いがするが、すぐに拡散して気にならなくなる」

その煙が拡散し、広範囲に広がる際に、周囲のあらゆるにおいを混ぜてしまうらしい。

なぜにおいが混ざるのかは、極秘だからと教えてくれなかった。

フィカが罠作りを得意とするなら、エトカはこういった小道具を作るのが得意だ。道中では、魔生《ませい》植物や見るからに怪しい植物を採取していた。

……それらがにおい消しの材料だったりしないよな？

「みんな準備はいいか？　火をつけるぞ！」

コボルトたちが皆、口元を布で覆ったのを確認してから、賢者の氏が作った文様符《もんようふ》でにおい消しに火をつける。

短い紐が燃え、玉の部分まで達すると勢いよく煙が立ち上った。

「うっ……」

吐き気を催すほどの悪臭がしたと思ったら、風が吹いて臭いが消えた。

悪臭対策をしていたコボルトですら、一瞬の臭いでふらついている。ゴブリンに至っては、あまりの臭さに倒れたものも出ていた。

「風魔法でさらに広げてもらったから、しばらくは大丈夫だと思う」

倒れたゴブリンを叩き起こして先を急ぐ。

においを消しても、もたもたしていたら追いつかれてしまうからな。

途中、念のためにと何度かにおい消しを使用したが、何度嗅いでも慣れる臭いではなかった。

「もう少しだ」

ようやく最後の山を越え、あとは下るだけ。

新しい住処に着いても、やることはたくさんあるが。

そういえば、俺はシアナ特区に戻った方がいいのかを聞くの忘れていたな。

……何かあれば精霊が伝えるだろうし、それまではこいつらを手伝っておけばいいか。

4 森魚が帰ってきた！

バルコニーに通じる窓の前で、ウルクは太陽の光を全身に浴びていた。

そんなウルクに、私はせっせとご奉仕中。

前脚を丁寧にブラッシングして、マッサージにかこつけて肉球をもみもみ。

ウルクの肉球は生活環境からか硬くて、どうにか柔らかくできないかと試行錯誤している。

前脚が終わると、次は胴体の鱗チェックだ。

ムシュフシュは、鱗があるのに脱皮をしないらしい。鱗が傷ついたりしたら、新しい鱗が生えてくるそうだ。

爬虫類方式でないなら魚の鱗方式かと思いきや、まさかのサメの歯方式だったんだよ！

爬虫類の鱗と魚の鱗は構造は違うものの、ある程度は再生する。でも、サメの歯みたいに生え替わっているわけじゃない。

対するムシュフシュは、成長時は鱗も一緒に成長するのに、傷ついたら生え替わる。地球の生き物と比べると、やっぱり不思議だよね。

鱗の感触をたんまりと堪能したら、今度は後脚。

この小さい羽根の密集具合がいい感じ！

烏骨鶏《うこっけい》のふわふわした頭やノックスが雛だった頃の羽根に近い。

羽軸はまだしっかりと観察できていないけど、形状的に半綿羽《はんめんう》じゃないかなぁって思ってる。

固く絞った濡れタオルで、羽根がある部分を軽く拭いて、趾《あしゆび》の裏はしっかりと拭く。

最後に、尻尾を乾拭きして、お手入れは終わり！

抜け落ちた羽根は回収して、竜医長さんへの貢ぎ物にするつもりだ。

「うーん、もっと拡大できるものがあれば……」

拡大鏡というか、ルーペ的なものはある。ただ、そんなに大きくならないので、老眼鏡みたいなんだよね。

顕微鏡くらい拡大できるものが欲しいけど、ないものはどうしようもない。

――ん？

突然、ウルクが頭を持ち上げ、窓の外をじっと見つめた。

「どうしたの？」

――いや、何か光ったのが見えた。

私の位置からは、光るものは見えない。

スピカにお願いしてバルコニーの窓を開けてもらったけど、外に出るのはダメだと言われた。

「何者かがネマ様を狙っている可能性もありますから！」

スピカだけがバルコニーに出て、周囲を警戒する。

ただ、ここ三階なんだよね。宮殿の部屋は天井が高いので、日本の建物の四階相当の高さだと思う。

周りには背の高い木もなく、遠くから狙うとしたらスナイパーライフルじゃないと無理じゃないかなぁ。

あとは、壁を登って侵入、もしくは屋根から下りてきて侵入が考えられるけど、こんな真っ昼間にやったらすぐに巡回警備している軍人さんに見つかりそう。

身を屈《かが》めて窓際に寄り、外を窺う。そんな私の上を、ノックスが通り過ぎた。

どうやらノックスも不審者探しに向かったようだ。

「……あれ？」

空に羽ばたくノックスを見送っていると、あることに気づいた。

頭を下げていたウルクに見えていた範囲って、ほとんど空なのでは？

「ウルク、光っていたものって、空に浮かんでた？」

――あぁ。本当に小さな光だった。

空に光る物体といえばＵＦＯ！

いやいや、さすがの神様でも宇宙人は創らないでしょ。……創らないよね？

地球贔屓《びいき》なところがある神様だから、ないとは言い切れないのが恐ろしい！

ぶっちゃけ、面白がって創っている可能性もある‼

「ピィィィィーー！」

ノックスが猛スピードで戻ってきた。バルコニーの欄干《らんかん》に留まり、興奮した様子で翼をバタバタさせている。

「ノックス？」

ノックスは何かを訴えているようだが、通訳がいないのでわからない。

「ネマ様！　ネマ様！」

今度はスピカが大きな声で私を呼ぶ。

「あれを見てください！」

スピカが指差す先は空。よーく目を凝《こ》らすと、何やら光る物体が見える。

本当にＵＦＯが現れた⁉

「絶対ディー様ですよ！　シンキお兄ちゃんも一緒ですかね？」

スピカに言われて我に返る。

そうだよね。ＵＦＯなわけないよね。危うく変なこと言うところだったよ。

徐々に大きくなる光の正体は、スピカの言う通りディーだった。

ディーの鬣《たてがみ》が太陽光を反射して、輝いているのだろう。

バルコニーにディーが下り立つと、お兄ちゃんと森鬼もその背から降りる。

「森鬼！　おかえり‼」

思い切り森鬼に飛びつくと、森鬼は軽々と受け止め、そのままひょいっと私を抱き上げた。

「帰ってきたときのあいさつはちゃんとしようね」

「……ただいま戻りました？」

なぜに疑問形？　って思ったけど、考えてみたら、使う機会がないんだ！

私と別行動するときは、森鬼が先に戻っていることが多いし、森鬼があとのときは「戻った」ですませてたっけ。

「うん、おかえりなさい」

よくできましたと、森鬼の頭を撫でる。

ノックスも森鬼の肩に移り、ピィピィと鳴いて甘える仕草を見せた。

森鬼もノックスの頭を指で撫でてあげたりして、仲良しな姿が微笑ましい。

ノックスだけでなく、私にくっついていたグラーティアもいつの間にか森鬼に飛び移り、森鬼の頭の上で踊っている。

「みゅぅっ！」

グラーティアの踊りに気を取られていたら、どこからともなく白が転がってきた。

「やっぱりシンキだ！」

「シンキ戻ってきたー！」

「きゅぅぅぅんっ‼」

わらわらと現れて森鬼に集う魔物っ子たち。

「おかえり」

海が森鬼の手を握り、はにかみながらも微笑む。

これには私もびっくりだよ！

他の子たちと比べると、海は喜怒哀楽の表現が大人しく、森鬼も困ったときくらいしか表に出さないタイプだ。

……意外と似たもの兄弟なのでは？

海が森鬼に甘えるという珍しい光景は『遠くに行っていた兄が戻ってきたことを喜ぶ弟。そんな弟になんて声をかけていいのかわからない不器用な兄』という構図に脳内変換された。

そんな場面を間近で見てドキドキ……ん？

私は森鬼に抱っこされているから、二人の真ん中にいるのでは？　これは盛大な解釈違いだ‼

素晴らしい場面に私は不要と、森鬼から下ろしてもらった。

「早く帰してあげればよかったな」

魔物っ子たちの和気藹々《わきあいあい》としたやり取りを見つめながら、お兄ちゃんが呟いた。

「おにい様、森鬼を送ってくれてありがと……って、おにい様っ⁉」

お兄ちゃんの変わり果てた姿を見て、思わず両頬に手を当てて叫んだ。

アイセさんよりやつれているではないか‼

「ヴィのせいね！」

「否定はしないけど、承諾したのは僕だから……」

だからといって、こんなになるまでこき使っていいことにはならない！

しかも、治癒魔法によるドーピングをしてまで働いていたらしく、その反動が今来ているそうだ。

「まず、おにい様は寝ること！」

森鬼を送ってきただけじゃなく、何かしらの報告があると言っていたが、今は休むことが大事だ。

「でも……」

戸惑うお兄ちゃんの手を引いて寝室に向かおうとするも、お兄ちゃんはその手を外そうとした。

だが、そんなへロへロで抵抗されても、抵抗になっていない。

「パウルー！　パーウールー！」

大きな声でパウルを呼ぶ。パウルはお兄ちゃんを見て、状況をすぐに察すると、スピカに指示を出す。

「スピカ、急いで寝室の用意を。ネマお嬢様、わたくしは必要なものを準備してまいりますので、ラルフ様のことお願いしますね」

「任せて！」

お兄ちゃんを寝室に連れていき、パウルが寝間着に着替えさせて、問答無用でベッドへ寝かしつける。

私が子守歌を口ずさみながらトントンをしてあげると、お兄ちゃんはすぐに眠ってくれた。

かなり無理していたみたいだね……。

お兄ちゃんが眠ってからも、私は怒っていた。

「おとう様に言って、ヴィに抗議しなければ！」

オスフェ家からの正式な抗議ともなれば、ヴィも軽視できないはずだ。

そう息巻いて、パパンとママンにお手紙を書いていたら、お姉ちゃんが帰ってきた。

「ネマ、どうしたの？　お口に可愛い小山ができているわよ」

私の口元をちょんちょんと突っついてくるお姉ちゃん。

口に小山ができるとは、日本で言うところの口をへの字に曲げると同じ意味で使われている。

だけど、私の怒りを表すなら、小山でも足りないくらいだ。

お姉ちゃんに、お兄ちゃんの状況を説明する。

「そう。ちょっとお兄様の様子を見てくるわね」

そう言ってお姉ちゃんは寝室に向かったけど、お兄ちゃんがぐっすり眠っているからか、すぐに戻ってきた。

「お兄様ってば、目の前のことに集中しすぎて、効率をよくすることを失念していたんじゃないかしら？」

戻ってきて告げられた言葉が予想と違い、私は困惑する。お姉ちゃんも一緒に憤《いきどお》ってくれると思ったのに……。

「おにい様に全部押しつけるヴィが悪いの！」

私は、諸悪の根源はヴィだと訴えた。

部下の進捗に合わせて仕事を割り振るのも、上司の務めだよね！

「あら。ああ見えて、殿下には優秀な配下がそこそこいるのよ」

お姉ちゃんは、慕われているのが不思議だわぁと、本当に、心の底から理解できないって顔をしていた。

確かに、腹黒陰険鬼畜王子なのに、なぜか慕う人は多い。私が選出した、王宮の七不思議の一つに数えられるくらい謎だ。

「配下に割り振らず、お兄様やアイセント殿下にさせたということは、そういう状況だったのだと思うわ」

そういう状況って……。

国家機密レベルの事案発生！　周りに知られてはならない！　なぜならスパイがいるから！　という、下手くそな三段論法が脳裏に浮かんだ。

もし、笑い事ではなく本当だったら……ヴィ、何やってんの⁉

ヴィが何をやっているのかはお兄ちゃんに聞かないとわからないけど、ぐっすり眠っているお兄ちゃんを叩き起こすなんてできない。

結局、お兄ちゃんから話を聞かない限り、判断できないよねってことになった。

「じゃあ、おにい様が起きるまで、森鬼の話を聞こう！」

魔物っ子たちはようやく帰ってきた森鬼に構って欲しいとまとわりついているが、森鬼からはおざなりな対応をされている。

「はいはーい！　全員集合！」

魔物っ子たちだけじゃなく、パウルたちにも集まってもらった。

シェルが新しいお茶を用意してくれているが、私は切り出す。

「レイティモ山のことだから、みんなも聞いた方がいいと思うの」

グラーティアと稲穂を除いて、魔物っ子たちはレイティモ山に所縁《ゆかり》がある。海にいたっては生まれ故郷だ。

森鬼に、レイティモ山に到着してからのことを話すよう促した。

「最初にシシリーに会いにいった。シシリーは、女……アリアベルから話を聞いていて、群れを分けることには積極的だった」

シシリーお姉さんが、閉鎖的な環境による弊害を危惧《きぐ》していることは、報告書にも書かれていた。

本当は、他のコボルトの群れと交流させる計画を考えていたんだよ。

ただ、実行する前に二年も眠ってしまい、起きたらすでにシアナ計画は仕上がっていた。

私がしっかりと関われていたら、そのつど修正し、回避できる問題だったと思う。

それだけに、シシリーお姉さんに余計な苦労をかけてしまい申し訳ない。

「ゴブリンは、希望するものだけで新しい群れを作ることにした。その新しい群れに俺も加われとシュキが言い出したから、戦ってわからせておいた」

森鬼から事前に聞いていたこともあり、ゴブリンに関してはまぁ予想通りだよねって思っていたのに、まさかの展開！

森鬼が私のことばかり構うから、守鬼は上位に立って森鬼を従わせようとしたみたい。

守鬼、森鬼のこと好きすぎるでしょ……。

「主の兄たちと話して、最終的な決定は主に任せることになった。それで、主が許可したから、新しい住処に向かった」

うんうん。それで？

……新しい住処に向かう道中のことを話してくれるのかと待っているのに、森鬼は何も言わない。

ヲイ！　これで報告を終わりにするつもりか⁉

「新しいすみかに着くまでに、何かあった？」

「何か？　……あぁ、城塞とやらで、獣舎の獣と遭遇した」

森鬼の言う城塞は、前に家族で行ったミューガ領のムーロウのことだ。

ムーロウは国境警備の重要拠点なので、転移魔法陣が設置してあるし、獣騎隊の班が交代で常駐しているらしい。

「主が気に入っている獣だったから、なるべく怪我させないようにはしたが……」

「私が知ってる子だったの⁉」

さすがにレスティン並みに獣舎の子たちを覚えているわけではないが、よく遊ぶ子の見分けはつく。

「確か、ベイだったか？」

レスティンの相棒である軍馬のワズに次いで、一緒に遊ぶことの多いベイの名前が告げられて、思わず動揺する。

「けがするようなことはなかったんだよね？」

「おそらく。シュキが別のワイルドベアーに襲われて、助けるために押さえつけて放置したからな」

とにかく、ワイルドベアーたちがビビっている隙に逃げ出したってことかな？

特に攻撃していないのであれば、ワイルドベアーは無事だろう。

念のため、レスティンに確かめる必要はあるけど。

ワイルドベアーに襲われた守鬼も、すぐに治癒魔法をかけたので大丈夫だとのこと。

誰も欠けることなく、新しい住処に到着できてよかった！

「エトカにぃ、元気だった？」

「マーチェもついていったの？」

星伍と陸星が森鬼に尋ねる。

私の知らない名前だったので、スピカに聞いてみた。同じ群れのコボルトの名前なら、スピカも覚えているだろうし。

「エトカにぃとマーチェって誰？」

「エトカさんは草の氏長の二番目で、マーチェさんはエトカさんの番です」

あ、星伍と陸星の兄夫婦か。

森鬼が実際に会っているコボルトのことなのに、なぜか私と同様に頷いている。

どうやら、番さんの名前は覚えていなかったらしい。

「エトカの番は新しい住処に到着するなり、オンセンを作ると元気に指示を飛ばしていたぞ」

お、おう。そんなに温泉を気に入ってくれて、私も嬉しいよ。

土魔法では源泉を探したり、掘ったりするのが難しかったようで、森鬼が精霊にお願いしていろいろ手伝ったそうだ。

どうにかこうにか温泉を形にして、みんなで浸かっていたらお兄ちゃんが来たと。

「温泉と同時にコボルトのお家も作っていたの？」

大工さんな匠《たくみ》の氏を多めに連れていったのかな？

「いや、他は後回しだと言っていたな」

「え？　じゃあ、温泉しか作ってないの⁉　寝る場所は⁇」

「洞穴があれば問題ないだろう？」

最優先インフラが温泉ってどういうことだよ‼　森鬼だって、寝床と飲み水が一番大事だって言ってたじゃん！

レイティモ山以前の生活を覚えている子たちなら、野宿も平気かもしれないけど、まずは気持ちよく寝られる場所を整えようよ。

つか、森鬼もそんなコボルトに疑問を抱かないってことは、お引っ越し中の野宿生活のせいで野生返りしてない？

ゴブリン時代の生活がいいとか言い出さないか不安だ……。

「まぁ、みんながいいのであれば、好きにしてもらっていいんだけど……。精霊さんも手伝ってくれてありがとうね」

精霊たちも、森鬼に温泉を探せと言われるとは思ってなかっただろうなぁ。

地中奥深くの水脈から支流を延ばして源泉にし、温水が程よい温度まで冷めるよう、支流の長さも調節したというのだから、感謝しかない。

精霊にお礼を伝えると、風が舞い、テーブルの上の食器がカチャカチャと揺れた。

これでも、だいぶ抑えて喜びを表してくれていると思われる。

私は以前に経験があるし、森鬼は精霊が見えているから驚かないけど、お姉ちゃんや魔物っ子たちは突然の異常現象にびっくりしたようだ。

「精霊さんがよろこんでいるんだよ」

そう教えると、お姉ちゃんは驚きに喜びが混じったように目を輝かせた。

そして、急に真剣な顔に変わったのでどうしたのかと思ったら……。

「精霊様のお力……現象を起こせるのは魔力と同じよね？　でも、魔力は……」

なんか難しいことを考え始めたみたい。

魔法を研究するお姉ちゃんの琴線を何かが刺激してしまったのだろう。

こうなると、しばらく帰ってこないからお姉ちゃんはほっとこうっと。

結局、お兄ちゃんは夕食の時間になっても起きず、私たちも寝る時間になってしまった。

「お兄様、まだ起きないみたいだし、こっそり寝台に潜り込みましょ！」

どこか楽しげなお姉ちゃん。

確かに、お兄ちゃんに気づかれないようベッドに潜り込むのは、悪戯みたいで面白そうではある。

「ぼく、シンキと寝る！」

「ぼくも！」

いつもは私たちの寝室にある、星伍と陸星用のベッドで眠っている二匹だけど、今日は森鬼と一緒に寝たいと言い出した。

すると、稲穂も仲間に入れて欲しいと鳴き、海が三匹を牽制《けんせい》する。

「全員で寝ればよろしい」

パウルにそう言われて、森鬼と海が使用している部屋に押し込まれる魔物っ子たち。

あららと呆れつつも、お泊まり会みたいでちょっと楽しそうだと思った。

ウルクはお泊まり会に興味を示さず、窓際のいつものポジションから動かない。

ムシュフシュは基本昼行性なんだけど、餌を捕りにいく必要がないときはエネルギー温存のため、休んでいることの方が多いそうだ。

なので、ウルクも動きたがらない。運動不足にならないよう、お庭に連れていったりはしているんだけどね。

みんなにおやすみの挨拶をして、いざ！　ベッド侵入チャレンジ！

お姉ちゃんと私は足音を殺して寝室に入り、そーっと掛け布団を捲る。

ディーが不思議そうにこちらを見ているが、シーッて合図をしたらわかってくれた。

「……んん……」

一瞬、お兄ちゃんが起きるかと思ってヒヤヒヤしたけど、なんとかチャレンジ成功！

お姉ちゃんと私で、お兄ちゃんを挟むことができた。

「優しき夜に安らぎを」

お姉ちゃんの囁《ささや》きに、私も小さな声で返す。

……さすがに三人で寝るとベッドが狭いな。


翌朝――。

飛んでいるソルの背中から落ちるという夢を見て飛び起きたら、ものの見事にベッドから転げ落ちていた。

ベッド横にディーがいてくれたので怪我もしなかったけど……。

もしかしてディー、私が落ちると思ってそこで寝てたの？

5 ヴィルの無茶振り。　視点：ラルフリード

シアナ特区で魔物たちの今後を話し合っているときに、ヴィルから手紙が届いた。

手紙の内容は、至急王宮に上がるようにとのこと。

今、シアナ特区を離れるわけにはいかないと、精霊にお願いしてやり取りをしたんだけど……

最終的に王太子命令とまで言われてしまった。

ヴィルが僕に命令を使うなんて、いったい何があったんだろう？

魔物たちが同席する話し合いにだけ参加し、あとはシンキとヒールランに任せてひとまず屋敷に戻る。

身嗜みを整えてから王宮に向かうと、ヴィルの執務室にはすでに人が集まっていた。

「遅い！」

「僕にも領主代理の仕事があるんだよ」

シアナ特区に関しては、そのほとんどが僕に任されている。とは言え、父上の承諾が必要なことも多い。

「殿下、ラルフも暇ではないので、話を進めましょう」

ヴィルの執務室には、父上と情報部隊の隊長、そしてアイセント殿下がいた。アイセント殿下は心なしか疲れているご様子だけど……。

「ラルフはまず、これを読んでくれ」

そう言って渡された書類の束。そこそこの厚さがあるそれに、僕は素早く目を通す。

「創聖教に潜入している者がようやくあの遺跡に入ることができた。その者が遺跡に施されている紋章だと、写したものを報告してきてな。ミルマ国の遺跡で見たものと似ていないか？」

見る限りでは、類似しているようにも思う。しかし……。

「遺跡が造られた時代が近いのであれば、文字などが似かようのも仕方ないのでは？」

「あぁ、それでだ。創聖教が集会を行っている遺跡が、聖地の遺跡と同様のものだとしたら……ソヌ族が精霊を弾く術を使っていたことに説明がつく」

ミルマ国の遺跡で出会ったエルフがさらわれたとき、精霊が居場所を見つけられなかった件か。

エルフが捕らえられていた部屋には大量の魔石と魔法陣があり、それが精霊を弾く術なのではないかとヴィルは言っていた。

その術を創聖教がどういう経緯で手にしたのかは不明のまま、帰国することになったのだけど。

「ヴィルは、この遺跡にある文字を創聖教が解析して、魔石を用いた魔法陣に再構築したと考えているんだね？」

「そうだ。おそらく、ルシュを捕らえた部屋に使っていたのは、試験的な目的もあったのだろう」

この地に精霊の力がおよばない場所が存在する。

それは、精霊を見ることができる者にとっては脅威に感じるね。

「我々の見立てでは、その精霊が感知できない場所に、ルノハークがやろうとしていることに関連するものがあるのではないかとみている」

父上の言葉に引っかかりを覚えた。

「聖主のことではなく？」

「存在を疑問視するほど、何も取っかかりが掴めないのが現状です。そんな聖主が、隠れ家だからと油断するなんてありえないでしょう」

答えてくれたのはシーリオ隊長だった。

彼の説明によると、創聖教に潜入している者たちでは聖主が存在している証拠を掴めなかったそうだ。

しかし、別の筋からの情報で、創聖教の総主祭が聖主と思しき人物と接触しているのが確認されたらしい。

「……その情報は信用できるのですか？」

情報部隊でも掴めなかったものを、誰とも知れない者がそう簡単に入手できるのはおかしい。

「その者については詳しく話せないが、信用における人物だから安心していい」

父上にそう言われては、僕はこれ以上言うことはない。

「ラルフにやってもらいたいことがある」

ヴィルの真剣な眼差しに、ここからが本題なのだと察した。

「ディー殿の力を使って、精霊が立ち入れない部屋の文字をすべて書き写してもらいたい」

精霊が入れない場所でも、ディーの能力を使えば見ることはできる。

だけど、ディーの力だって万能じゃない。

「それは構わないけど、光がない場所にはディーの能力は使えないよ？」

「大丈夫だ。昼間はかろうじて光が差し込むし、夜には灯りの魔道具が灯される」

それを聞いて、僕は安易に承諾してしまった。

それがどんなに大変なことなのか、僕は身をもって知ることとなる。

◆　◆　◆

ディーの力は光があれば、どんなに遠い場所でも見ることができる。

だから、王宮かオスフェの屋敷でできると思っていた。

「ここだよ」

転移魔法陣で王宮からワイズ領の直轄地であるコーキナに飛び、そこで庶民の服に着替えさせられ、ディーは目立つからと大きな箱に入れられ、馬車で進むこと一昼夜。

到着したのは、ワイズ領の南東に位置するアッケンという街にある小さな工房だった。

「ここは……」

「説明をするから、中に入ろう」

自分の家のように堂々と工房の中に入っていくアイセント殿下。

そもそも、なぜ彼が同行しているのかもわからないままだ。

アイセント殿下のあとについて中に入ると、一階はどこにでもありそうな作業場となっていた。

労働者に扮した情報部隊の騎士が、ディーの入っている箱を運んでくる。

ようやく箱から出られたディーは思い切り体を伸ばしたあと、後脚で首元を掻く。

「窮屈《きゅうくつ》だっただろう？」

『うん。もう狭いところはいいや……』

ディーの頭を撫でて労う。

帰りは箱に入らなくていいようにしてあげないとだね。

「ここが食堂。必要なものがあったら、ここにいる彼らに頼むといいよ」

工房の二階は住居になっていた。

食堂は常に人がいるようにしているらしい。食事も時間関係なく出してもらえるとも。

食堂の他には共同の浴室と憚《はばか》りがあり、あとはすべて個室になっているそうだ。

「君の部屋はここ。これでも一番いい部屋だから、我慢して欲しい」

僕に割り当てられた部屋は一応、貴人用に整えられている。とは言っても、そこそこ質のよい机と寝台しかない、まさに寝るためだけの部屋みたいだけど。

自室と比べるともちろん狭いが、部屋に浴室と憚りがあってちょっと安心した。

オスフェの者がいない環境で、無防備になるのは抵抗があるからね。

「今回の件に関わっている人を呼んでくるから、少し待ってて」

アイセント殿下は、僕を寝台に座らせると部屋を出ていった。

誰を呼んでくるのだろうと不思議に思っていたら、部屋の外でアイセント殿下の声が響く。

「ルシュッ！　……ルシュッ！　寝ているのか！」

ドンドンと激しく扉を叩く音。

それから、アイセント殿下の声が聞き取りづらくなったので、部屋の中に押し入ったのかもしれない。

それにしても、あの方が荒っぽい言動をするとは意外だったな。

しばらくすると、アイセント殿下がエルフを引きずって戻ってきた。

一見すると子供のようだが、エルフは外見と年齢が一致しない。

それに、このエルフがミルマ国で出会ったエルフなのであれば、すでに大人のはずだ。

「あっ！　獅子光《ししこう》様！　またお会いできて光栄です‼」

エルフは真っ先にディーに反応すると、突然拝み始める。

ディーはなにこの人と、困惑した声で僕に言ってきた。

「確か、聖地の遺跡にいたエルフの方ですよね？」

エルフの名前は発音が特殊なので、正確に覚えていないけど、ミルマ国でさらわれたエルフの呼び名がルシュだったのは覚えている。

「はい。ユルシュディエ・ジュド・ヘイウォーヴと申します！」

改めて名前を聞いて、彼が子供のような外見に納得した。

土の精霊と親和性が高いジュド族は、体が小柄という特徴を持つ。

シアナ特区の治癒術師ヴェルシアもジュド族のエルフで、外見はカーナより幼く見える。

「君は、ドワーフと一緒にミルマ国にお世話になっているのではなかった？」

ルシュが、それはですねと説明しようとしたら、アイセント殿下が遮《さえぎ》った。

「僕が説明するので、ルシュは大人しく聞いてて」

「えっ……アイセント様、どうしたんですか!?　しゃべり方が変ですよ？」

「いいからお前は黙ってろ！」

アイセント殿下の態度に、いろいろと腑《ふ》に落ちる。

僕たちは互いに面識があってもそのほとんどが公式な場で、ライナス帝国の皇子とガシェ王国の公爵嫡子という立場だった。

ミルマ国では、その間にヴィルが入ったことで、彼の私的な面に少し触れられたけど、それでも友達の友達といった距離があった。

そして今回、非公式な場で、ヴィルもいない状況において、アイセント殿下が僕に見せたのはライナス帝国の皇子の顔。

無闇に馴れ合わない。それがアイセント殿下の処世術なのだろう。

「まず、このルシュは、魔族が残した古の魔法を研究している。つまり、彼以上に遺跡に詳しい者はいないということ。君がヴィル兄上に頼まれたものを彼が解析する」

「それでヴィルがルシュ殿を連れてきたと？」

「ミルマ国に見つからないように、ルシュを連れてきたのは僕だよ」

どこかげんなりとした様子のアイセント殿下。

きっと、ヴィルが無理を言ったのだろう。

「ミルマ国に残るエルフともやり取りができるよう、転移魔法陣も渡してある」

今さらだけど、ヴィルはなぜ精霊を追い払う魔法に固執しているのかな？

わざわざミルマ国からルシュ殿を連れてくるなんて、発覚したらそれこそ外交問題になるくらい危険だとわかっているはず。

場所が判明しているなら、壊すだけでもいいと思うんだ。

聖獣の契約者ですら手がおよばないとなると、ルノハークのように悪用する者が出てくる可能性だって高い。

ルノハークの動向や聖主の手がかりを探すだけなら、文字を書き写す必要もないわけだし。

「ヴィル兄上がなぜこんな手間のかかることをするのか、不思議に思っている？」

アイセント殿下の言葉に僕は驚いた。表情には出していなかったのに！

「一つは学術的な面を考慮してのこと。もう一つは古の魔法を今の魔法に転用するため。聖獣の契約者ならばわかるでしょ？」

アイセント殿下は、ヴィルの意図を的確に教えてくれた。

遺跡そのものの価値となると、確かに残しておいた方がいい。もしかしたら、聖地の遺跡のように何か仕掛けがあるかもしれないからね。

そして、ヴィルの本命は二つ目の転用だ。

悪用されると厄介なものだけど、逆にこちらも利用できる部分は多い。

精霊がいなければ、一時的に名に誓ったことを無効にできる。

今は聖獣の契約者がそれを行っているが、精霊のいない部屋があれば、契約者以外でも尋問ができるようになる。

ただ、それが周知されれば、名に誓わせるのではなく、口封じに殺す手段を選ぶ犯罪者が増えるので、利益ばかりではないけど。

「理解しました。それでは、一度やってみましょうか」

「あ、ではこれを！　古の魔法に用いられている文字の一覧です。あと、こっちは多出する単語と思われる一覧で……」

ルシュ殿に渡された紙には、角張った文字がびっしりと並んでいる。

基本となる形は四十八個か。結構多いな。

「ヴィルが言っていた遺跡の場所はここか。どうかな、ディー。やれそうかい？」

『うん、大丈夫！』

地図を見せてディーに説明する。

場所に関しては、精霊たちも手助けしてくれるとのことなので、迷子になる心配はなさそうだ。

僕は目を閉じて、ディーの力に身を委ねる。

ぼんやりと森のような光景が浮かび始めると、すぐに建物がはっきりと見えた。

その建物は山肌を削って造ってあるようで、聖地の遺跡と似ている。

精霊たちに導かれるように風景が流れていき、少し薄暗い小さな部屋へとたどり着いた。

精霊の姿がまったくない。ここで間違いないだろう。

窓はなく、古びた机と小さな本棚があるだけの、まるで独房のような部屋だ。

壁に貼ってある地図だけが、異彩を放っている。

本棚には、創聖教に関するものばかりで、特に興味を引くものはない。

机の上は綺麗に整理されているが、壁の地図には何かの印といくつか書き込みがしてあった。

これは……ずいぶん昔の地図？

ガシェ王国がある場所には、旧王朝とその旧王朝に滅ぼされた国の名前が書かれている。ライナス帝国は今の半分ほどしかなく、その代わりにデルニア帝国となっていた。他にも、イクゥ国ではなく獣王国になっているし、大陸争乱時代より前なのは確実だろう。

この印の場所は……遺跡？　いや、ファーシアとザイシウェル、イロンガネもあるということは……女神降臨の地!?

それに、この書き込みはマカルタ語だ。かなり高度な教育を受けた者でないと扱わない言語だけど。

力が集まる……八個……白と黒？

マカルタ語はラーシア語の原語とされているので似ているんだけど、文法が異なる部分もあるのでちょっと読みにくいな。

あとは、壁に刻まれている文字だね。どこから始めようか？

わかりやすく、扉の近くから始めようと思ったら、扉にも文字が刻まれていることに気づいた。

じゃあ、まずは扉から……。

目を開けて、机に移動した。そして、紙と筆を用意する。

先ほどまで薄暗い部屋を見ていたからか、部屋の中がやけに明るい。

この間も、薄暗い部屋の光景は見えていて、扉の文字を紙に書き写す。

最初は順調だった。

だけど、どこまで書き写したのか見失うことが増え始めると、『見る』と『書く』を同時に行う難しさが僕を苦しめる。

似ている形の文字もあるため、正確に書かなければならないのに、刻まれた文字は癖字なのか判別つかないものもあった。

「はぁぁぁ……」

薄暗い部屋の風景を消してもらい、こめかみを指で揉む。長時間精霊文字を読んだときより疲れた……。

「だいぶ苦戦しているね。これ、使いなよ」

アイセント殿下が僕に差し出してきたのは、魔道具や文様符《もんようふ》を作る際に使用される筆記具だった。

通常の筆記具とは異なり、魔石を溶かした墨を使用するため、先端部分に魔法が施されている。

一種の魔道具でもある。

「通常の墨でも書けるように手を加えてあるから、書き心地は保証する。君用にちゃんとしたものを急いで用意させるから、今はそれを使って」

小さな魔道具は作るのも大変なので元々高価なのに、改良まで加えてあって、さらにはライナス帝国の紋章入り……。

手にするのも恐ろしいと感じるけど、今は甘えることにする。

それくらいつらい作業なんだ……。

「ありがたく使わせていただきます」

少し休憩したのちに、書き写す作業を再開した。

筆に比べて、お借りした筆記具は驚くほど書きやすかった。腕への負担も少ない！

シアナ特区の方はすべて指示を出してきたので大丈夫だと思うが、シンキをネマのもとへ帰せないのが問題だな。

とにかく、この作業を終わらせるしかない。

ネマに謝罪の手紙を送ったあと、寝る間も惜しんで作業を続けた。

しかし、作業を開始して七日後。

ルシュ殿からあることが告げられる。

「ミルマにいる仲間とも議論を交わした結果、聖地の遺跡とは時代が異なり、文字や規則性が変化している可能性があります」

「……つまり？」

「癖字だと判断した文字が、変化した文字の可能性があるので、その部分を再度書き出して考証をですね……」

僕とアイセント殿下は頭を抱えた。

僕に触れることで、他者にも光景を共有することができると気づいてから、アイセント殿下も書き写す作業を手伝ってくれていた。

書く動作のときに片手が使えないと綺麗に文字が書けないことがわかり、どこを触れさせるのがいいのか試行錯誤を繰り返す。

そして、行き着いたのは、膝から下の脚をくっつける。これが一番楽なんだよね。

すぐに離れるという欠点は、互いの片脚を縄で縛ることで解決した。

「アイセント様、ヴィルに応援頼みませんか？」

「……そうだな。このままだといつまで経っても帰れない」

アイセント殿下が同意してくれたので、僕はヴィルに手紙を書くために立ち上がる。

「それなら、この分野に詳しそうな方がいいです！　こちらの解析もちょっと苦しいので手伝ってもらえればなぁって……」

苦しいと言いつつも、ルシュ殿はどこからどう見ても元気だ。

好きなものに触れられて、ルシュ殿だけが充実しているように思う。

「この分野と言っても……」

元々研究している者が少ない分野な上に、信用のおける者となると皆無に等しいかもしれない。

「ルシュ殿の要望も書いておくけど、期待はできないよ」

そう断ってから、ヴィルへの手紙に増員を切望していることを過剰なくらい書き連ねる。

少し盛り過ぎたかなと思ったけど、ヴィルがあっさりと承諾してくれたのは意外だった。そして、返事の最後にはこうも書かれていた。

『手紙まで兄妹そっくりだな』

ネマがヴィルに手紙を送っていることに驚き、ネマへ返事を出していないことを思い出す。

時間を作ってネマへ手紙を書かないとと、焦りつつ作業を進めていたら、思ったより早く応援の人員が到着した。

「母上!?　叔父上!?」

6 ディーの可能性。　視点：ラルフリード

部屋に入ってきた母上と叔父上の姿を見て、驚きを通り越した。

「文様魔法に精通している人を連れてきたわ」

普段と変わらない様子の母上に、僕も困惑が隠しきれない。

「えっ⁉　確かに叔父上は文様魔法が専門ですけど……」

ルシュ殿の手伝いであれば、叔父上ほど頼りになる人はいないと思う。

しかし、なぜ母上も一緒なのか？

「母上はなぜ？」

「ネマがね、お兄様からお手紙来ないって落ち込んでいて……」

先ほど感じた驚きなんて大したことなかった。

母上に言われた一言の方が、胸に痛みを感じるほど衝撃が大きい。

ネマのために早く終わらせようと頑張っていたけど、そのせいでネマに手紙を書く余力がなかった。

だけど、それは言い訳にならない。ネマを落ち込ませるなんて……兄失格だ。

「だから、わたくしがラルフの様子を見て、ネマに教えてあげようと思って」

「……母上？」

手伝いにきたのではなく、ただ僕の様子を確認しにきただけだと？

「お姉様、揶揄《からか》うんじゃありません。ラルフ、安心してくれ。姉はちゃんと、ヴィルヘルト殿下の命でここに来ている」

叔父上はそう言ってくれたけど、たぶん母上は本気で言っている。

殿下の命令の方がついでなんじゃないかな？

「ラルフ、願ってもない増援だ。まずは互いの紹介をしよう」

アイセント様に言われ、僕は母上と叔父上を二人に紹介した。

「レイウス・ビーリスフ⁉　あの『大陸史からみる文様魔法の変遷』の⁉」

叔父上が名前を告げると、即座に反応したのはルシュ殿だった。

精霊と対峙するときのように興奮が抑えられずにいて、叔父上もその勢いに引いている。

「わたしの著書を読んでくださって嬉しいです」

ルシュ殿に手を握られ、困惑しながらもお礼を言う叔父上。

文様魔法について語り始めるルシュ殿をなんとか止め、母上と叔父上に現状を説明する。

「ディー、わたくしに直接見せることはできて？」

『……ぼくの力を受け入れられるのラルフだけ』

申し訳なさそうに告げるディーだが、母上にはぐぅぅっと唸っているようにしか聞こえない。

「できないことを叱るわけではないわ。それとも、何か悪戯をしたことを隠しているのかしら？」

『隠してないよ‼』

今度はクワッと大きく口を開けて、短く鳴くディー。

「そう、いい子にしていたのね。偉いわ」

剥き出しの牙に怯むことなく、母上はディーの頭を撫で、褒める。

ディーの表情を読み取り、会話を成立させてしまう母上に僕は感心した。

「……ねぇ、ディー。ラルフが眠っていても、触れることで光景は見られるかしら？」

母上の言葉に、思わず声が漏れる。

その発想はなかった……。

『わからない』

「じゃあ、試してみましょう」

穏やかに微笑んでいる母上だが、これは絶対に楽しんでいるな。何が起こるのかと、ワクワクしているようだ。

さぁ、と母上に手を取られ、寝台に促される。

睡眠を削っていたため一度横になると、自分が疲れていることをより実感した。

「どこの光景でもいいから、ラルフに見せてちょうだい」

母上に手を握られたままの状態で、どこか見覚えのある光景が浮かんできた。

手入れの行き届いた庭……ライナス帝国の宮殿か！　ということは……。

人がいる方に寄ると、ネマが何かを投げているところだった。

ネマの周りにいる子供は、ダオルーグ殿下とマーリエ嬢だろう。

楽しそうに遊んでいる姿を見て、気持ちがやすらぐと同時に申し訳なさも感じる。

「あの子ったら……またパウルを困らせているのね」

パウルに向かって水の玉を投げては返り討ちに遭うネマ。衣装も濡れているし、顔には泥までついている。

その光景を母上に見せてしまったのは、ちょっとまずかったかな？

「でも、パウルも楽しそうだよ？」

声は聞こえないので、表情から察するしかできないけど、パウルが困っているようには見えない。僕も仲間に加わりたいくらいだ。

母上は小さく笑うと、空いている方の手を僕の胸に置いた。拍動《はくどう》のように一定の速さで優しく叩かれる。

まだ小さな子供だと思われているようで、少し恥ずかしい。

「……母上も楽しそうだね」

「ええ。楽しいわ」

その楽しいは、僕をあやすことだけじゃなく、僕が眠ってからやることへの期待が込められている。

母上が楽しいならいいやと、僕は襲いくる眠気に逆らうことなく身を委ねた。

何か夢を見ていたような気もするけど、内容があやふやで思い出せない。

「目が覚めたか？」

なぜ叔父上がいるのだろう……？

叔父上から水を渡され、それを一息で飲み干す。

思っていたよりも冷たくて、寝起きのぼんやりさが晴れた。

部屋の中には、叔父上と母上しかいないことから、検証結果が思わしくなかったことが察せられる。

「できなかったようだね」

「ええ、残念ながらね」

それから、母上が僕が寝入ってからのことを教えてくれた。

僕が眠るとすぐに、光景が不安定になったそうだ。はっきり見えるときもあれば、全部がぼやけたり。

また、見たいと思う対象から遠ざかることもあって、僕が寝ている間に作業を進めることはできないと判断された。

「それで今はお二人にも休んでもらっているの」

アイセント様とルシュ殿は、それぞれの部屋に戻ったようだ。……ルシュ殿は休んでいるか怪しいけど。

「ディーの力を体験してみて、わたくしの考えを述べるけれど、参考くらいに聞いてちょうだい」

「はい、聞かせてください」

博識な母上がディーの力をどう感じたのか、興味がある。

「別の場所を見せられる能力。本来は、全方向に作用しているのではなくて？」

「全方向？」

「ラルフを中心に上も下もすべてよ。だけど、前を向いている状態で後ろを見ることはできない。その感覚を知らないから、知っているものだけを使っているようなの」

全方向の光景が送られているから、現実のように視線を動かせた？

つまり、現実の視野に捉われなければ、全部を見通せるようになるのかな？

母上の言う状態を想像してみたけれど、すべてを見るという感覚がどんなものなのかさっぱりだ。

「そして面白いのは、貴方もこの能力を制御できる点よ」

魔法だと、魔法を制御できるのは術者のみとなる。対してディーのこの能力は、共有状態では僕の制御も反映されているらしい。

「もしかしたら、力を外に放出できる媒体があれば、光景を壁に映したりできるのではないかしら？　ラルフの靄《もや》を使った幻影の魔法みたいに」

あー、あの、ネマにお願いされない限り、絶対にやりたくない魔法のことか。

どうにか実用化できないかと、いろいろ手を加えてはいた。でも、オスフェ家の研究所の面々から、術者の技量に頼る部分が多すぎて無理と言われてしまって……。

水と風の魔法を別々に発動させたあとに重ねるという、魔力の消費はとんでもないし、想像力がないと制御もままならないから仕方ないよね。

「ディー、できると思う？」

『ばいたいがよくわからないけど、理の中にあるならできるはずだよ』

「理か……探りつつやってみるしかないようだね」

壁に光景を映せるようになれば、全員で書き写すことができるようになる。

早速、壁に映せないか試そうとしたら、叔父上に止められた。

「疲れた状態では上手くいくものもいかなくなる。今日は休んで、明日から頑張ろうか」

作業の効率を上げる方法が見つかったのにと説得を試みるも、母上と叔父上は許してくれず、強引に寝台へと戻される。

はやる気持ちも疲労には勝てなかったようで、僕はいつの間にか眠ってしまっていた。

◆　◆　◆

母上と叔父上が来てから、作業の進みはよくなったと言える。

母上は書き写すのが速いし、叔父上はワイズ領の山奥にある村に伝わる文様と遺跡の文字が似ていることを発見した。

とはいえ、書き写しはようやく半分終えたくらいだ。

作業の合間には、光景を映す方法をいろいろと試して、陽玉《ようぎょく》を用いれば力を外に放出できることがわかった。

ただ、頭に浮かぶ場合と違って制御がとても難しく、まだまだ使えたものではないけど。

子供交流会には間に合わず、次は魔物の移動がすむまでを目標に作業をしていたときだった。

これまでずっと無人で、変化のなかった部屋の扉が開いた。

十日以上、誰も来なかったのに？

驚きと不審から、僕の手は止まっているが、それは隣のアイセント様も同じだ。

「母上、誰か来ました」

休憩中の母上にそう告げると、少しの間をおいて、母上の手が僕の肩に乗せられる。

あの部屋に入ってきたのは二人。

どちらも外套を目深くかぶって顔が見えない上に、体格も似ているため性別も判別できない。

下からの角度にすれば顔が見られるのではと思ったが、それも叶わなかった。

「この仮面……ニイへ地方の精霊祭に使われているものだ」

アイセント様の呟きに、僕はあることを思い出した。

ミルマ国に近いライナス帝国北部に仮面をつけて祝う祭りがあり、ルシュ殿を連れ去った犯人がその仮面をつけていたことを。

声は聞こえず、仮面のせいで口の動きも読めない。この怪しい人物たちは何を話しているのか。

しばらく話をして、一人だけが部屋を出ていこうとする。

「あの部屋から出てくる人を追ってくれる？」

精霊にお願いするとすぐに承諾して、遺跡の方へと飛んでいった。

僕は残った人物に注視しながら、別の精霊にお願いをしていく。ヴィル、シーリオ隊長に怪しい人物のことを伝えるようにと。

その間、謎の人物は机に向かい、何かを書き始めた。

何を書いているのかは、母上とアイセント様が確認してくれている。

手を止めることなく書き続けているので、最初は手紙を書いているのだと思った。

しかし、書かれている文字はマカルタ語で、紙が墨で真っ黒になるほど書き込むのはおかしいと気づく。

謎の人物は、書き終えた紙を握り潰し、魔法で燃やして、灰を床に撒いた。そして、灰を足で踏みつけてから部屋を出ていく。

僕はそのあとを追うが、転移魔法陣を使って逃げられてしまった。

「あの転移魔法の行き先はどこ？」

遺跡にいる精霊たちは行き先を聞いているはずなので尋ねてみたけど、僕の周りにいる精霊たちはみんな首を横に振る。

「どうしたの？」

普段と様子の違う精霊たちに重ねて問う。

『言えないの……』

『言っちゃだめだって……』

えっ⁉　精霊が言えないことがあるなんて……。

誰かが名に誓っていて言えないのか、それとも他に要因があるのか。精霊の知識が少ない僕には判断がつかない。

「ヴィルに届けて。……今、あの部屋に入ってきた人物のうち一人が、転移魔法陣を使って移動した。精霊に行き先を聞いても、言えないと言っているんだ」

『……言えないだと？』

驚きが混じったヴィルの声が届くとそれ以降の反応がなく、もどかしい時間が過ぎる。

『精霊たちに確認した。おそらく、その謎の人物が精霊に命じたのだろう』

「命じてって……」

『精霊に命じられる存在は限られている。聖獣とその契約者、精霊術師、そして愛し子だ』

それを聞いて僕は息をのんだ。

ヴィルの言葉が正しければ、ネマ以外にも愛し子がいる可能性を示唆するものだから……。

『精霊術師は契約している精霊以外に命じることはできない。となると、聖獣の契約者が関与している可能性が高いということになるな』

聖獣の契約者の身元は全員判明していて、その半数以上が王族だ。ライナス帝国の皇族が何かを企んでいるとも思えないし……。

『聖獣の契約者の動向は俺が調べる。ラルフは作業を継続しつつ、情報部隊と連絡を取るように』

「……わかった」

ヴィルとのやり取りを終えると、母上に名前を呼ばれた。

「焦っては駄目よ。まずは情報をまとめましょう」

母上の言う通りだ。あの謎の人物が聖主である確証はない。

そう理解はできても、今まで何も掴めなかったものが目の前にあって、はやるなというのは無理だよ。

「あの人物は、とても下品な言葉を羅列できるほど、マカルタ語を習得しているようね」

「下品？」

母上がどんな内容だったか語るも、意味のわからないものが多かった。

雰囲気的に他者を貶《けな》す言葉なのは伝わってきたけど。

「アイセント様は何か気づかれましたか？」

ずっと険しい表情をしているので、何かあるのだろうと思って声をかける。

「いや……。先に出ていった人物が少し気になって」

アイセント様は言っていいものなのかどうか、躊躇《ちゅうちょ》しているみたいだ。

そして、意を決した眼差しで僕たちを見つめる。

「カーリデュベル総主祭と背格好が似ていた」

名前は知っていても、僕は総主祭に会ったことがない。母上も同じなのだろう。

「わたくしには、どちらの人物も似た体形をしていると感じました」

「謎の人物たちがあの部屋にいたとき、カーリデュベル総主祭がどこにいたのか調べるといい。彼がファーシアにいたのなら、あの部屋に現れたのはカーリデュベルではないことになる」

カーリデュベル総主祭は、元々ルノハークの幹部の疑いがかかっている。

彼だけではなく、彼の側近の居場所も確認しておいた方がいいだろうね。

それらのことを追加で情報部隊に伝える。

でも、それだけでは落ち着かないので、作業の休憩中に精霊たちへの質問を続けた。

最初に部屋を出ていった人物に対しても、精霊はほとんど教えてくれず……。

本当は作業どころではないけど、母上があの部屋にはまだ何か仕掛けがあるかもしれないと言うから、それを探すためにも作業を続けた。


深夜にシーリオ隊長がわざわざ来てくれて、直に情報を交換する。

シーリオ隊長も急なことで疲れているだろうに、僕はつい愚痴をこぼしてしまった。何度質問しても、精霊たちは教えてくれないと。

「奴らが『言えない』や『内緒』と言う場合、聞き出すにはコツがいるんです」

「コツ？」

「はい。例えば、ラルフリード様が移動先を誰にも言うなと命令したとします。俺が、ここにいた人はどこに行ったのかと質問しても、精霊は教えません。ですが、正しくない答えには、正しくないと答えることはできるのですよ」

「つまり、どこに行ったのかではなく、明確な場所を告げれば答えられると？」

「そうです。ラルフリード様がガシェ王国に向かったとしましょう。俺が、ここにいた人はライナス帝国に行ったのかと問えば、行っていないと答えられます。精霊はすでに起きた事柄について、嘘を述べることはできないからです」

シーリオ隊長は精霊について詳しく教えてくれた。

精霊は言わない、伝えないという選択はできても、実際に起きたことには偽りを述べることができない。

すでに起きた事象は神の意思で起こったこと。それをなかったこととして語るのは、神の意思に反することなのだとか。

先のことなら、神の意思が確定していないので、曖昧に語ることができるらしい。

「これからは『どこか』や『誰か』など、あやふやな言葉は精霊に使わないことです。はっきり言わないと、こいつらは変に解釈しますよ」

『変じゃないもん！』

『みんな、約束守ってるんだから！』

自分たちが馬鹿にされていると思ったのか、精霊たちはシーリオ隊長を非難する。

「うるせぇ。お前たちのためでもあるだろうが。曖昧な言葉で命令されたら、困るのはお前たちだぞ」

『ふふふ。シーリオは私たち精霊のことが大好きだものね〜』

シーリオ隊長と契約している土の精霊がそう言うと、非難していたのが嘘のように喜び出す。

『ぼくたちのこと大好きなんだ！』

『大好きならしょうがないよねー』

『うんうん。許してあげよう！』

「お前らなぁ……」

恥ずかしさを押し隠すシーリオ隊長を見ていると、彼が凄腕の騎士だということを忘れそうになる。

「とにかく、遺跡の方はこちらでも調べさせます。また、あの人物が現れたら教えてください」

シーリオ隊長はここではない別の隠れ家で活動をしているからと帰っていった。

というか、この工房が情報部隊の隠れ家だったたって今知ったんだけど……。

7 ついに見つけた……かも？

睡眠をたっぷり取ったあとは、栄養豊富で消化にいいご飯！

お兄ちゃんがちゃんと食べるか見張りつつ、自分の朝ご飯もすませる。

「ネマ、そんなに見つめていたら、お兄様の顔に穴があいてしまうわよ」

顔にソースでもついていたのか、お姉ちゃんに顔を拭われた。

「だって、食べないと元気になれないでしょ？」

顔色はよくなったけど、やつれているのは変わらない。

お兄ちゃん、絶対何キロか痩せてるよ！

「あら、食べるだけでは駄目よ。適度な運動と太陽の光も浴びないと。そうよね、ディー」

「ぎゃぁう！」

お姉ちゃんの問いかけに、尻尾を揺らしながら答えるディー。

ふむ。これはお兄ちゃんを連れ出して、一緒に外で遊ぼうってことだな！

「ネマ、お外で遊ぶのはまた今度。今日はお話があるからね。カーナも申し訳ないけど、今日の学術殿《がくじゅつでん》は休んで欲しい」

「わかったわ。パウル、連絡をお願いね」

こうして、お姉ちゃんと一緒にお兄ちゃんのお話を聞くことになった。

朝食の後片づけが終わると、スピカとシェルは下がり、パウルと森鬼だけが残される。他の魔物っ子たちもさっさと遊びにいき、ウルクとグラーティアだけがいつもの定位置にいる。

「まず、事の始まりは、情報部隊がルノハークの隠れ家を発見したことだ。森の奥深く、存在すら忘れられた遺跡に奴らは巣食っていた。捕らえられたルノハークのほとんどが、創聖教の信者だということは知っているよね？　だから、情報部隊はファーシアにも潜り込んでいる」

ガシェ王国内での活動は諦めたみたいだけど、奴らはまた増えたのか⁉

情報部隊から、ルノハークは遺跡で集会を行っているとか、様々な情報を手に入れたと。

あいつら、懲りずに何かを仕出かす気なのか？

「その情報部隊が掴んだ情報が問題で、ヴィルに至急王宮に来るよう言われたんだ」

そして、ヴィに仕事を押しつけられたんだな！　と憤慨していると、お兄ちゃんに落ち着きなさいって頭を撫でられる。

それからお兄ちゃんは、わかりやすく端的にあらましを話してくれた。

ヴィの目的は、精霊が入れない部屋を調べること。古代魔法を再現した方法も含めて、相手の技術を盗んでやろうと企んでいるらしい。

お兄ちゃんは、情報部隊の隠れ家に連れていかれ、その精霊が入れない部屋に刻まれている文字をひたすら書き写していたそうだ。

アイセさんが手伝いをしてくれて、ルシュさんが書き写した文字を解析……。

アイセさんは薄々予想はしていたけど、ルシュさんの名前が出てきたことには驚いた。

ルノハークの遺跡は、ミルマ国に行く以前に見つけていたとなれば……ヴィってば、ルシュさんと出会った当初から、ガシェ王国に連れていく気満々だったのでは？

あと、お兄ちゃんは子供交流会までに森鬼を帰したいからと、寝食を削ってまでやっていたと白状した。

私がお兄ちゃんを叱ったのは言うまでもない。

「うん。母上にも叱られたよ」

「おかあ様？」

なぜここでママンが出てくるのかわからず、首を傾げる。

お兄ちゃんはちょっとばつが悪そうな顔で続きを話した。

子供交流会に間に合わないと判断したお兄ちゃんは、ヴィに応援の人が欲しいとお願いした。

それでやってきたのが、ママンとママンの弟。つまり、叔父さんだ。

ママンはお姉ちゃんに負けず劣らずの魔法オタクだし、叔父さんは大陸中を旅して調べるくらいの文様魔法オタク。

確かに、応援要員として相応しいと思う。

ママンと叔父さんのおかげで作業は順調に進んだけど、子供交流会には間に合わなかった。仕方なく目標を、レイティモ山の魔物たちのお引っ越しがすむまでに変更したそうだ。

でも、ママンがいたのに、なんであんなにフラフラになるまで疲れていたんだろう？

ママンがお兄ちゃんに無理をさせるとは思えないんだけどなぁ。

「運がよければ確認できるかもとは思っていたけど……聖主らしき人物がその部屋に来たんだ」

「えっ⁉」

これには私もお姉ちゃんも、パウルすら驚きの声を上げた。

森鬼は平然としていたけど、事前に聞かされていたのだろう。

「情報部隊でも存在を掴めず、信者が作り出した幻像だったのでは？」

聖主の存在が真偽不明すぎて、集団幻覚みたいなものという説も上がっていたっけ。

「情報部隊がそう考えてしまった原因もわかっているよ」

「それで！　聖主は誰だったの⁉」

一番知りたいことがなかなか告げられないので、会話をぶった切る荒業に出る。

「誰なのかまでは掴めていない……。でも、いろいろと出てきた情報を総括すると『愛し子と同等の力を持つ存在』だということになった」

「……同等の力？」

ぶっちゃけ、愛し子がもう一人いたよってことなら驚かない。そういう方面では信頼できる神様だからね。

「聖主らしき人物は、精霊に命令をしているようだった」

精霊に命令できる存在は限られている。だから、お兄ちゃんとヴィはその限られた存在を徹底的に調べた。

精霊術師には、すべての精霊に命令することは不可能だから除外。

聖獣は、そもそもそんなことを考えないから除外。

残るは聖獣の契約者と愛し子ってことになり、契約者には全員にアリバイがあった。もちろん、愛し子である私もだ。

「確認されていない聖獣の契約者や愛し子がいるかもしれないのに、どうして『愛し子と同等の力を持つ存在』という結論にいたったの？」

お姉ちゃんは疑問に思っているようだが、私にはわかる！

精霊《あの子》たちが黙っていられるわけがない‼

聖獣が契約した瞬間、愛し子が生まれた瞬間にはしゃぎながら大陸中……いや、世界中に言いふらすに決まっている！

台風の最大瞬間風速以上の速度で伝わり、誰にも止められないだろう。

「もちろん、その可能性も考慮して、精霊王様方に確認しにいってきた。聖獣の契約者を秘匿することはできないし、愛し子はネマだけだと仰っていたよ」

精霊宮にまで行ったたって⁉

いくらディーが空を飛べるとしても、ここ最近のお兄ちゃんの移動距離が凄いことになってない？

お兄ちゃんもお兄ちゃんで、ヴィの言うことほいほい聞かなくても……と、ジト目で見ていたら気づかれた。

「シンキを迎えにいくついでだったからね」

ママンがいながら疲れていた一因はこれなんだろうなぁ。

ママンが見ていないところで無茶をしていたに違いない！

「それで、精霊が伝えることができなかったから、情報部隊が得られる情報も限られていたというわけなんだ」

これ以上つつかれたくないのか、お兄ちゃんは急に話題を戻した。

情報部隊が推察を誤った原因は精霊にあったというお兄ちゃんの説明に、お姉ちゃんは納得がいかない様子。

「……やっぱり、情報部隊に精霊術師がいるなんて聞いたことないわ」

そうお姉ちゃんは訝しがるけど、昔から竜騎部隊があることから、継続的に精霊術師が王国騎士団にいたのは間違いない。でないと、真名の誓約ができないからね。

対するお兄ちゃんはにっこり笑って何も言わない……じゃなくて、口外はできないから察しろっていう意味の笑みっぽいな。

その笑みを消し、怖いくらい真剣な顔をしてお兄ちゃんは告げる。

「その人物がいるときに遺跡へ突入する」

それを聞いた私の感想は、早くない⁉　だった。

見つけたからには捕まえたいって気持ちはわかるよ？

でも、精霊があてにならないなら、なおさら慎重に動くべきだと思う。

「いつ来るのかはわからないんでしょう？　ずっとおにい様が見張るの？」

「僕じゃなくて、ディーが監視してくれているんだ」

ヴィがお兄ちゃんをこき使うからぁぁぁ‼　ディーも被害に遭っててんじゃんかぁぁぁ‼

「ディー、ずっと力を使うのつらくない？　大丈夫？」

「ぎゃぁぅ」

ディーの可愛いお返事にほっこりする。自信ありげな様子から、任せておけってことだろう。

「いっぱい特訓したからね」

お兄ちゃんもディーを褒めるように撫でる。

なるほど。お兄ちゃんが疲れている要因その二はこれだな？

「せっかくだから、特訓の成果を見てもらうかな」

お兄ちゃんは部屋を見回したあと席を立ち、寝室へ向かう。

「みんな、寝室に移動してもらってもいいかな？」

私とお姉ちゃんは何を始めるんだろうと、互いに顔を見合わせた。

そんな私たちに、ディーが早く行こうと、スカートの裾を引っ張って促す。

寝室に移動すると、大きい窓があるリビングと違って、こちらは陽が差し込まないため少し薄暗く感じた。

それなのに、お兄ちゃんはカーテンを閉めて、さらに薄暗くする。

何が始まるのか、ちょっとワクワクするね。

私とお揃いで作ったストラップもどきを腰のベルトから外したと思ったら、お兄ちゃんの手からふわりと浮いた。

「ディー、お願い」

お兄ちゃんの声がしてディーに視線を移すと、ディーの水晶みたいな角がほのかに光を放つ。

それに呼応するように、浮いているストラップもどきも光り始める。

どうやら、陽玉《ようぎょく》を使う技？　みたいだね。

ディーの角よりも陽玉の光の方が強くなると……。

「見てごらん」

寝室の壁に何やら映像のようなものが映った。一面緑の、どこかの森が……。

「おぉっ‼」

私は歓喜の声を上げたけど、お姉ちゃんとパウルは驚愕《きょうがく》って感じの声を出していた。

この世界、絵はあっても写真や動画はないからねぇ。二人は、未知との遭遇を実感しているんだと思う。

映像は、森の中を飛んでいるかのように動き、突然、大きな建物が現れた。

「これがルノハークが巣食っている遺跡だよ」

……巣食っているって言い方されると、タイプGなルノハークがうじゃうじゃいる光景を想像してしまうからやめてくれ！

「ミルマ国のいせきとはちょっと違うね」

ミルマ国の遺跡は岩山の上にあったけど、こちらは森の中。遺跡が放つ雰囲気が違うのは当たり前かもしれないけど、例えるならマチュピチュとアンコール遺跡群のベンメリアくらい異なっている。

映像はその遺跡にどんどん近づいていき、建物の中に入っていった。

建物の内部は思っていた以上に綺麗だ。壊れている部分なども見当たらず、普通に使われている神殿みたい。

内部の間取りがどうなっているのかわからないけど、大きな広間に出た。

どうやら、祭壇の間とか儀式の間とかっぽい。ちゃんと女神様の像も置いてある。

その女神像に祈っているルノハークもいる。フード付きのローブを深くかぶっているので、顔まではわからないが。

「……おにい様、あの女神像を近くで見たい」

宗教的な施設には、必ずあると言っても過言ではない女神像。

芸術分野にも大きな影響をおよぼしており、様々なモチーフやメッセージとともに女神様は表現されている。

そんな女神様だけど、もっとも馴染み深いモチーフはこの世界と死者の世界を持っている姿の女神様だ。

それなのに、ここの女神像は錫杖《しゃくじょう》のような長い杖を持っている。

宮殿で宝探しをした際に見た女神様の絵のように……。

映像に映し出される女神像は、近くで見れば見るほど、違和感を覚えるものだった。

この像の作者が下手……ということではないと思う。

顔は女神様に似てはいるけど、ちょっと丸みが足りない。それに、女神様のお胸はこんなにささやかではなかったよ！　もっとメリハリボディだから‼

全体的に見てみると、女性的な特徴が最小限にされているような？

「これ、女神様じゃない……」

見方を変えると答えは簡単だった。

これは、女神様と見せかけた男性の像。つまり――。

「神様の像だよ！」

私がそう言うと、お兄ちゃんもお姉ちゃんもまさかと驚く。

「創造神様のお姿を模すのは、禁忌とされているのよ？」

「だから、一見、女神様に見えるようにしてあるんだよ」

女神様は遥か昔、よく地上に降臨していたようで、その姿は今も像や絵画に残っている。

対して、神様は一度も降臨はなく、姿もいっさい不明だ。

想像で作り出してもおかしくないのに、神様を模したものは何一つないと言っていい。

なぜなら、神様を模したものは、不可解な現象によってことごとく破壊されているからだ！

神様、厨二病を拗らせているだけじゃなく、コミュ障でもあった。

像や絵くらい、気にすることないのにね。実物よりイケメンに作ってくれるよ！

「この遺跡を押さえたら、この像についても調査してみよう」

「はっ‼　精霊さん、神様にこの像は壊しちゃダメって伝えて‼　女神様の可能性も残っているから！」

お兄ちゃんの調査という言葉で気づいた。

私が神様の像だと口にしたことで、神様が自分の姿だと知って壊しかねない。

私の言うことを聞いてくれるかは賭けだけど、女神様を出したことで少しは考慮してくれるかもしれない。

「創造神様の像だったら、僕たちが責任を持って壊します。ですので、調べる時間をください」

お兄ちゃんも神様に祈るようにお願いを告げる。

しばらく像を見守っていたけど壊れる気配はなく、神様は私たちの願いを聞いてくれたようだと胸を撫で下ろした。

それから、映像は遺跡の中を移動して、薄暗い部屋で停止する。

「ここが、精霊が立ち入れない部屋だよ」

なんかジメジメしていそうな部屋だなぁ。

お兄ちゃんが書き写していたという文字は、壁だけでなく、天井と床にもあった。

たぶん、部屋の表面積の三分の一くらいはありそう。文字の大きさからしても、これを全部書き写すのは苦行なのは確かだ。

私だったら絶対にやりたくない！　夏休みの宿題で、漢字の書き取りを大量に出された悪夢は忘れてないぞ‼

「ルノハークが巣食っている遺跡はこんな感じで……あともう一つ」

お兄ちゃんがディーに目配せをすると、映像が遺跡からどこかの室内に変わった。

「まぁ！」

お姉ちゃんが驚愕ではなく、喜びの声を上げる。

「……おとう様とおかあ様がいる！」

映像の中のパパンとママンは後ろ姿で、他の誰かと話しているようだ。

それなのに、私が二人がいると言ったタイミングで、パパンとママンは周囲を見回した。

私の声が聞こえている？

「父上、母上、後ろを向いてください。ディーの能力でこの部屋の光景をネマたちにも見せています」

お兄ちゃんの言葉に反応して、パパンとママンが振り向いた。

二人の向こうにいたのはヴィで、となるとこの部屋はヴィの執務室？

それよりも、ヴィがいるなら！

「おにい様がやつれたの、ヴィのせいだからね！　ディーにも無理させて‼」

ガルルッと牙を剥いて威嚇するつもりで怖い顔を作り、ヴィに文句を言った。

「ネマ、向こうはこちらが見えていないから、そんな顔をしても伝わらないよ？」

『なんだ、また間抜けな顔をしているのか？』

お兄ちゃんが宥めようとしてくれているけど、ヴィの余計な一言で怒りは収まらない。

またってなんだ、またって！　そんな頻繁《ひんぱん》に変顔さらしてないわっ!!

『ネマ、殿下の前ですよ』

ママンの声に、ゾワワッと悪寒が走る。

これ以上やったら長時間説教コース待ったなしのやつだ……。

「はいっ！」

元気よく返事をして、いい子にしますアピールをする。

ママンは微笑みながら頷いてくれたので、なんとか命拾いした。

『とりあえず、一つ目の実験は成功でいいんだな？』

「うん。あとは僕が戻って、二ヶ所同時が成功するかだね」

お兄ちゃんとヴィだけでわかり合ってますな会話をしているけど、この映像を映すのが実験だったのかな？

『じゃあ、早く戻ってこい』

「ダメ！　おにい様はしばらく休ませるの！」

再びガルルな顔をして、ヴィを睨みつける。

誰のせいでお兄ちゃんがやつれたと思ってんじゃーー!!

「会話に割り込むことをお許しください、殿下」

『カーナディアか。許す』

「わたくしから見ても、お兄様はここ最近のお務めで疲れているように思います。ここではライナス帝国の負担になってしまいますので、屋敷に戻ってもらいますが、しばらく休むように殿下から言ってくださいませんか？」

『……わかった。こちらに戻り次第、三日ほど休ませよう。ただし、例の人物の監視については、ラルフとディーにしかできないことなので継続させる』

おぉ！　お姉ちゃん凄い‼

ヴィが折れるようにというより、妥協すればヴィの印象がよくなるように持っていったのか。

お姉ちゃんは勝ったと言わんばかりの顔をしているのに、それを微塵も感じさせない声でお礼を言う。

『カーナディアのあの言い方、オスフェ公が教えたのか？』

小さい声でしゃべっているようだけど、ばっちり届いてますよ？

『教えずとも、子供は親の姿を見て学びます。カーナはとても賢い子ですので』

パパンは娘自慢を織り交ぜながら、言い負かされる方が悪いと暗に仄めかした。

ヴィはそれに舌打ちで返す。

いくらヴィでも、まだパパンには強く出られないみたい。

『ラルフの休みが明けたら、もう一つの実験を行う。ネマ、お前も手伝うのだから、忘れて遊びにいくなよ？』

「私が手伝うの？」

そもそも実験の内容を教えてもらっていないのに、手伝う云々言われても困る。

「陽玉を使って、二ヶ所でそれぞれ別の光景を映せるかの実験なんだ。ネマの持つ陽玉がないとできないことだから、手伝ってくれるかな？」

それってつまり、テレビ電話⁉

それが成功すれば、お手紙じゃなくて毎日顔を見ながらおしゃべりできるってことだよね！

「するっ！」

勢いよく返事をしたら、お兄ちゃんの天使な微笑みをいただきましたぁ‼

「でも、陽玉をあっちに送って、今やっちゃダメなの？」

ライナス帝国の負担になるからお兄ちゃんを帰さないといけないという、お姉ちゃんの言い分は理解できる。

それなら、陽玉をあちらに送って今実験すれば、お兄ちゃんはもっと休めるのでは？

「陽玉はね、親友である僕と宝物であるネマを守りたいという、ディーの気持ちが詰まったものなんだ。聖獣の玉《ぎょく》は聖獣が与えたいと思い、与えられた者との絆の証でもある」

そう簡単に作れるものではないということか。そして、聖獣が許した者でなければ、玉の力は使えないと。

そんな凄いものを、私のためにと与えてくれたディー。

喜び、感謝、言い表せない気持ちが高ぶって、お兄ちゃんに抱きつく。

「おにい様、ディー！　大好き！」

『ネマ⁉　私には言ってくれないのかい？』

パパンの残念な声が聞こえるけど、パパンはあとでね。

8 アレ退治に欠かせないもの。

お兄ちゃんがお休みの間、気分が落ち込むのを防ぐために、ひたすら新しい遊びを考えていた。

採用した遊びに道具が必要なものもあったので、パウルに手伝ってもらいながら自分で作ったり、大工組合に依頼を出したりしていたら、時間が過ぎるのはあっという間だった。

だいぶ元気を取り戻したお兄ちゃんとテレビ電話の実験を行う。

実験自体はまぁ成功したと言っていいかな。

問題点があるにはあったけど、白い布をスクリーンにしたり、陽玉の高さを調整することですぐに改善できるものだったし。一つを除けばね。

それが、前世の記憶を持つ者としては、一番どうにかしたい由々しき問題なのだけど。

その問題が解決することなく、あれよあれよといつの間にか行われることが決まった、初の二国間テレビ会議。

諸悪の根源が見つかったかもしれないので、行動が早いのはいいことなんだけど、私はついていくのがやっとだよ……。

いつも使っている会議室には、真っ白なスクリーンと陽玉を置く台座が用意されている。

ライナス帝国からは陛下を始め、宰相のゼアチルさん、軍部の総帥さん、ルイさんとアイセさんもいる。

それに同席するのは、オスフェ家の私たちと急遽来訪したジーン兄ちゃんに、将軍代理として同行した王国騎士団のお偉いさん。

みんな神妙な面持ちで、会議の始まりを待っていた。うちの魔物っ子たちを除いて……。

「あちらから連絡が来た。では、始めよう」

陛下がそう宣言すると、少し間をおいて陽玉が光り始めた。

スクリーンには、こちらと同じような光景が映し出される。

会議室のような部屋にずらりと並ぶ面々。

王様を筆頭に、ヴィ、パパン、オリヴィエ姉ちゃんとゴーシュじーちゃん。ママンとルシュさんの姿もあった。

あと目を引いたのは、騎士団の制服を着た人たち。その中にダンさんとレスティンがいるので、隊長クラスが招集されているようだ。

映像がスクリーンに映し出された瞬間、どちらの部屋でも小さなざわめきが起きた。

あちら側の声は聞こえないので、リアクションで判断した。ゴーシュじーちゃんは盛大に驚いていたからわかりやすいね。

さて、スクリーンの向こうでは王様の口が動いているので、何か発言しているようだ。

心の中で一秒、二秒と数え、十秒が過ぎたときにようやく届く。

『急な求めにもかかわらず、時間を割いてくれたセリューノス陛下に礼を申し上げる』

王様の声が届いたときには、すでに映像の王様の口は動いていない。

「気にしなくてよい。私としても、光の聖獣殿の御業《みわざ》をこの目で拝見できて光栄だ」

陛下が返事をすれば、やはり十秒以上経ってガシェ王国側が反応を示す。

そう。これがどうやっても改善できなかった、テレビ電話の由々しき問題！　タイムラグ!!

声は精霊が届けてくれているが、ガシェ王国の王宮とライナス帝国の宮殿は距離が離れているため、音声だけタイムラグが生《しょう》じるのだ。

インターネット社会という恵まれた環境で育った記憶を持つ私としては、どうやっても受け入れられない！

パソコンではマウスで左クリック連打して、スマホでは画面を何度もタップして、意味ないとわかっていてもリロードしまくるアレだ。

画面グルグル、重い、ラグい、鯖落ち!!　ネットで一番のストレス源!!

ネットではないと理解していても、映像と音声のズレだけでもイライラするし、フラストレーションが溜まる。

私がウガーッと吠えたくなる衝動と戦っていると、ルシュさんが手を挙げて、発言の許可を求めた。

『魔力を繋げば道ができるので、声を届けるのも速くなりますよ？　距離はありますが、聖獣様がいらっしゃるので……』

『魔力を繋げる？』

ルシュさんによると、しゃべりたい相手と互いに魔力を細く長く延ばして結ぶと、声を届ける精霊の目印となり、繋げないときより速く届くのだとか。

それを聞いて、糸電話かな？　と思った私は悪くないはず。

ヴィはお兄ちゃんに何やら話しかけ、お兄ちゃんも真面目に受け答えしていた。

こちらでは、陛下がゼアチルさんにルシュさんの話は本当かと確認している。

「初耳です。本来、精霊術に魔力は必要ありませんので……」

「では、あのエルフが見つけた新しい手法ということか？」

「わかりませんが、軍部所属のエルフが知っていたらすでに周知されているでしょう」

どうやら、エルフ族の間でも知られていない方法みたいだね。

『ネマ、俺があげた腕輪を机の上に置け』

急に話を振られてビクッてなったけど、言う通りに腕輪を外して机の上に置く。

いつぞやの誕生日プレゼントでもらったもので、お守りだからとずっと身につけていた。

この腕輪、一見すると翡翠のような緑色だけど、なんの鉱物なんだろう？

今さらなことを考えていると、腕輪がなんか光ってる⁇

徐々に強くなって、一際強く光ったと思ったら、急に淡い光に戻った。

この腕輪が光るなんてことなかったから、ちょっと怖くなってお姉ちゃんにしがみつく。

爆発したりしないよね？

「大丈夫よ、ネマ。さすがにこんな場所で何かやるほど、殿下は馬鹿じゃないわ」

お姉ちゃんがヴィの肩を持ったことにびっくりだわ！

『カーナディアから擁護されるとは意外だな。それより、声は聞こえているか？』

「ええ。ちゃんと聞こえていましてよ」

ヴィも私と同じことを思ったようで、表情でありありと意外だと表していた。

ん？

『どうした、ネマ？　まだ時間差があるのか？』

口の動きと聞こえてくる声が一緒だ‼

「ううん。映っているのと同時に聞こえるよ！　どうやったの？」

『ディーと同じことをやっただけだ』

まったく説明になっていないけど、ヴィはどこか自慢げである。

「面白い。して、ヴィルは何を行ったのだ？」

陛下が先に発言してくれてよかった。

危うく、みんなの前でヴィにツッコミを入れるところだったよ。

凄いのはヴィじゃなくてディーだろってね。

陛下に請われたヴィは、音声の遅延を直した方法を語ってくれた。

ルシュさんの魔力を繋げて声を届ける方法が、陽玉を使って離れた場所でも映像が見られる能力に似ていると気づいたそうだ。

私は似ているとは思わないけど、風魔法に詳しいヴィには閃きのきっかけになったのだろう。

『風の聖獣であるラースは、どこの音でも聞くことができる。その能力を風玉《ふうぎょく》で繋げば、時間差は生じない』

ディーが行ったように、ラース君が作った玉《ぎょく》でラース君の能力を使えば、リアルタイムの声を届けられると。

……ということは、この腕輪が風玉⁉

「これが風玉だって聞いてないんですけど‼」

もらってからかれこれ数年は経過しているけど、もらったときもそれ以降も、お守りとしか聞いてない！

私が吠えるように訴えると、スクリーンの向こうにいるヴィはポカンとしている。

『伝えていなかったか？』

いやいや、なんで私じゃなくてお兄ちゃんに確認するんだよ。

お兄ちゃんも、たぶんと曖昧に答えてないで、私の驚きっぷりを見てわかるでしょ！

『なに、ネマに風玉を贈ると言い出したのはラースだ。お守りとして、これからも身につけておけ』

それを聞いて、胸がきゅんとした。

お兄ちゃんが言っていたことが正しければ、聖獣の玉は思いの証。ラース君、そこまで私を思っていてくれたなんて……。

「ラース君、ありがとう！」

『グルルゥ』

『……ラースはネマに甘すぎる』

ラース君が何を言ったのかわからないけど、ヴィってばやきもち焼いてる？

そんなヴィにニマニマしていたら、陛下が本題に入ろうと仕切り直してくれた。

まずは情報の共有。お兄ちゃんたちが得た情報をライナス帝国側に説明する。

そのときに映像が切り替わり、例の遺跡を映すという応用を利かせてくるディーは凄い！

『この精霊が立ち入れない部屋にあった地図を調べた』

その地図の写しと思われるものが、ジーン兄ちゃんから回されてきた。

「……あれ？　なんか違う？」

以前、軍本部にお邪魔したときに大陸の地図を見せてもらったけど、こんなんじゃなかったような？

『この地図は古く、大陸争乱以前のものだ。この印がある場所を調べたら、面白いことがわかった』

なんだか、魔物被害が多発していたときの地図を連想させるけど、印の数はこちらの方が少ない。

『この印はすべて、女神に関する建物や逸話が残る場所だった』

ヴィによると、すでに倒壊した遺跡や一部だけが残っている遺跡、真偽はさだかではないけど女神様が降臨したと伝わる土地ばかりらしい。

ミルマ国でも盗掘まがいなことをしていたし、ルノハークが神様か女神様に関する何かを探しているのは間違いなさそう。

ふむー。やっぱり、あの聖地の女神像が本命だったのかな？

『綺麗に残っていた遺跡が三ヶ所あり、どれもルノハークが使っていた痕跡があった』

ヴィの言う遺跡は、別の印が三つあるやつのことだろう。二つがライナス帝国の南側で、残り一つは小国家群に書かれている。

「ルノハークの活動がライナス帝国内から発生し、徐々に北上した可能性があるのか？」

陛下の問いに、ヴィは首を横に振る。

『印を見てもわかる通り、女神に関連する場所は南に集中しています。思うところがあり、我が国の歴史を調べたところ、初代国王の手記に気になる記述がありました』

いろいろと逸話の多い初代国王ギィの手記！

たまにヴィの話に出てくるけど、どんなことが書いてあるんだろうね？

ライナス帝国の初代皇帝ロスランみたいに愚痴がいっぱいってことはないと思いたい。

『無用のちょうぶつを壊すのに骨が折れる、と』

「どういう意味だ？　ちょうぶつとやらを壊したのか？」

『言葉の意味は不明ですが、ギィは国を平定したのちに、戦で用いた砦をすべて壊すよう遺した人物です。見つけた遺跡も同様に壊していたのではないかと』

……二人の会話、なんかおかしいぞ？　言葉の意味がわからない⁇

あっ！　ガシェ王国でもライナス帝国でもこんな表現はしないからか！

どちらかと言えば、日本語を無理やりラーシア語に変換したような感じ……って、ギィは聖獣と契約していないけど愛し子だったわ！

ということは、私のように前世の記憶を持っている転生者だったのでは⁉

こんな感じの会話をどこかでしたような気がする。でも、私が転生者だってことは誰にも言っていないのに、なんでそう感じたんだろう？

まぁ、妙な既視感は置いといて、ギィが転生者だとしたら同じ日本人の可能性が高い。

無用の長物とか、骨が折れるとか、日本語の慣用句だしね。

ただ、私自身はほとんど使ったことはなく、本とか時代劇くらいでしか見ないかも。世代が違うのかな？

ギィが日本人だと仮定して、なんで遺跡を壊すなんて暴挙に出たんだろう？

日本人の気質的にも、神様に関わるものを壊すなんて罰当たりだし、必要ないなら放置でも問題ないわけで。

その場所に何か建てたかったのかな？

いや、ギィは一人で砦を作っちゃう土魔法のチートだ。壊すよりも移設を考えると思う。

放置できないなら、ミルマ国の遺跡みたいに地中に埋める方法もあったのにそれをしなかったのは、後世で掘り返される可能性も考えていた？

となると、わざわざ壊したのは、何かしら悪用されることを恐れたから？

昔の遺跡には、それくらいやべぇものが……あったわ！　女神様を召喚できるやべぇ装置が‼

ルノハークの探しているものって……まさかねー。

「ネフェルティマ嬢、考え事はすんだかな？」

「……え？」

陛下に問われて顔を上げると、なぜかみんなの視線が私に注がれていた。

私は思わず両手で頬を押さえ、お姉ちゃんに助けを求める。

「おねえ様、私、変な顔してた⁉」

考えに集中すると百面相するときが多々あるので、気をつけていたのに……。

「いいえ。いつも通りの可愛い顔だったわ。ただ……」

お姉ちゃんに聞いたのは間違いだったかな？

「ネマの眉毛がちょこちょこ動いていて、とっても可愛かったわぁ」

なんと！　眉毛だけで百面相をしていただと⁉　ある意味、私ってば器用なのでは？

『それで、ネマは納得したような顔をしていたけど、何か気づいたことがあるの？』

お兄ちゃんが私の表情を読んでいたことに驚きつつも、ある疑惑が浮かんだ。

ディーよ。私が眉毛百面相をしているときに、ドアップで私の顔を映していたんじゃなかろうな？

「言葉の意味を考えてたの。無用って言うくらいだから、必要ないものってことでしょ？　そして、骨が折れると治してもらうまですごく痛いよね？　痛くてつらくて大変ってことなのかなぁって。でもそうすると、そんな大変な思いをしてまでいらないものを壊す必要ないよね？」

慣用句の意味をそれとなく説明して、そこから連想ゲームのように壊さないといけない理由を想像し、行きついた先が女神様召喚装置になったことを話した。

『なるほど。初代国王は、あれが人には過ぎたるものだと理解していたから壊したと』

ヴィが結論を告げるが、私はたぶんと濁しておいた。

真相はそれこそ、ギィ本人に聞かないとわからないからね。

「聖主は女神を召喚するために動いているとして、その目的が問題だな。何かを願ったとしても、聞き入れられる可能性は低い」

陛下の言葉に何人かが同意を示す。

まぁ、普通はそう思うだろう。

しかし、相手は盲信的な信者だ。前世でも、怪しげな宗教を信じ、とんでもない事件を起こした事例はいくつもある。

自分の願いを神様や女神様が叶えてくれると、信じて疑っていないかもしれない。

『それで、集会が行われているときに突入し、全員を生け捕りにして、目的を吐かせようと考えています』

突入！　生け捕り!!

海外の特殊部隊が敵のアジトに突入する、映画のようなワンシーンが脳裏によぎる。

『ライナス帝国軍の獣人とエルフ族をお借りできないでしょうか？』

脳内のスリリングな展開にちょっと心躍らされていたが、ヴィが陛下にお願いしているのを聞いて我に返る。

なんで獣人とエルフ？

陛下はヴィの意図がわかっているみたいだけど、ヴィに説明するよう求めた。

『聖主を筆頭に、奴らは他種族を迫害する言動を取っています。つまり、人だけで構成された組織とみて間違いないでしょう。獣人やエルフ族の特性を活かせば、全員の生け捕りも可能かと』

ふむふむ。確かに、獣人は様々な特性を有しているし、エルフ族の精霊術は魔法よりも融通が利くこともあるだろう。

ただ、当然あちらも抵抗するだろうし、全員を生け捕りできるかと言われたら無理な気がする。

頭を悩ませていると、足元から稲穂の声が聞こえてきた。

「きゅぅぅー……くふっくくぅー……」

ただの寝言だった……。

意味のわからない話ばかりで、退屈して寝てしまったようだ。

稲穂、すっかり野性が抜けちゃっているな。

「そうか！　眠らせればいいんだ！」

これまた創作物にはよくある手法。催眠ガスで眠らせて、追っ手を撒いたり、誘拐したりと、現実では無理だろってツッコミ待ったなしのやつ。

でも、こっちの世界なら、そういう効果がある薬草とかありそうだよね？

「眠らせる薬はあるけど、どうやって飲ませるつもり？」

今まで大人しかったルイさんがニヤニヤしながら聞いてきた。

外見は儚げ美人なんだから、そんな顔をするんじゃありません！

「霧状にしてプシューッとか、粉末にしてプシューッとかかなぁ？」

私がプシューッて言うたびに、ルイさんが声を出して笑う。

相手がルノハークだからか、殺虫剤のように噴射するイメージしか思いつかないんだよ！

人数も多そうだから、盛大にプシューッとやって一網打尽‼

ガシェ王国側は、あちらだけで何やら話し合い中。プシュー作戦の是非かしら？

『ネマ。セルリア局長は、眠り薬を噴出する魔道具はすぐに作れると言っている。だが、それを遺跡に設置するのは難しいだろう』

ルノハークも外部からの侵入とか、スパイの存在に警戒はしているだろうし、そんな中で不審なものはすぐ発見されるよね。潜入している情報部隊の騎士の身も危険にさらされる。

ひっそりと、誰にも気づかれずに、睡眠薬を散布する方法……。

ちょうどそのとき、視界の隅で動くものがあったので、そちらを見やると、陸星が大きなあくびをしていた。

前脚を伸ばし、後脚を伸ばし、最後は耳の後ろをカキカキ。星伍はお座りのまま寝ているし、魔物っ子たちはとにかく退屈しているようだ。

何か静かに遊べる玩具を持ってきた方がよかったかも。

玩具と言えば、あの魔道具の玩具はどうなったんだろう？　あれを使えば、ひっそりこっそりプシュー作戦ができると思うけど？

「ルイ様、以前私がエルフの森で買った魔道具の件はどうなりました？」

「そうか！　あれを使えば、気づかれずに薬を運べる！」

私が尋ねたら、ルイさんは勢いよく立ち上がって言った。そして、映像のママンを見つめ、ママンも力強く頷く。

「そちらの状況は？」

『今は検討を重ねております』

明確なことを言わなくてもわかり合っているママンとルイさん。機密事項とかあるから、こんな曖昧な会話になっているんだろうけど……。

ママン、隣のパパンが怖い顔しているよ！　嫉妬でパパンの魔力が溢れ出しそうになっているのに気づいて‼

パパンの様子にハラハラしながらも、私が告げた魔道具が作戦に使えるか否かが話し合われる。

話題に上がっている魔道具は、音でボールを操作する玩具だ。

楽器を演奏する感覚でボールが動いて、凄く楽しい玩具なんだけど、改造すれば破壊兵器になることに気づき、ルイさんに相談したんだよね。

超音波や超低周波と呼ばれる音は、人間の耳に聞こえない。

この特徴を悪用すれば、遠隔機能付き破壊兵器のできあがり。ただし、可聴域の広い動物の特性を持つ獣人には聞こえるだろうし、風の精霊も感知できるのでエルフにも伝わる。

なので、獣人やエルフ族が多く住んでいるライナス帝国では悪用できないと思うけど、我が国のように獣人やエルフ族が少ない国でなら……。

「ガシェ王国側の意向はわかっただろう。ストハン総帥の意見を聞かせてくれるか？」

陛下に名指しされた総帥さんは、耳をピンと立て、背筋も伸ばして答える。

「帝国内でも奴らの不審な動きを確認しております。生け捕りできれば、その目的も吐かせることができましょう」

どうやら、ライナス帝国内で再びルノハークが動き始めていたようだ。

私が知っている範囲では、ロスラン計画の建設地である森に隠れ住んでいるオーグルを襲ったのが最後かな？

水面下では動いていたかもしれないけど、ライナス帝国側から教えてもらった記憶はない。

「そうか。では、ガシェ王国の申し出を受けよう。選出はストハン総帥に任せる」

「御意！」

ライナス帝国でも悪さをしているから、共闘した方がいいとの判断だろう。

「陛下、いいのですか？　総帥のあの顔、本人も乗り込む気満々ですよ？」

幼馴染みのルイさんにはそう見えたらしい。私にはキリッとした、いかにも戦う男ですって顔にしか見えないけどなぁ。

「……ストハン総帥。これは、私の可愛い甥っ子からの願いだ。わかるな？」

「はっ！　ちゃんと生け捕りにして持ち帰りますので」

なんでだろう……猫が狩ってきた獲物を飼い主に見せる光景が目に浮かぶのは……。

それに、うっかり殺すことはあるかもねっていう意味が見え隠れしているような気がする。

『その可愛い甥っ子からもう一つお願いがあります。魔道具の改良のため、我が王立魔術研究所の面々の派遣をお許しいただきたく』

王子様スマイルのヴィだけど、腹黒さがちっとも隠しきれていないよ！　陛下を利用する気満々なのバレバレですよ‼

陛下もやれやれって呆れているじゃん！

しかし、陛下はあっさりと許可を出した。

理由は簡単だ。あの魔道具を作ったのはライナス帝国のエルフなこともあり、もろもろの権利はライナス帝国側にある。

兵器にもなり得る魔道具を他国で改造させるわけにはいかないってことだ。

プシュー作戦決行はもう少し先だろうけど、上手くいくのか不安だなぁ。

9 ストレスを発散しよう！

会議のあと、会議の内容を口外しないよう、全員が名に誓った。

それから、ジーン兄ちゃんはライナス帝国に来るための口裏合わせみたいなことを詰めて、慌しく帰国。

みんな忙しいよねーとのん気に過ごしていたら、なぜかルイさんに転移魔法陣がある部屋に連れてこられ、そこにはジーン兄ちゃんがいるではないか！

すぐに戻ってきた理由を問う前に、転移魔法陣が光り始めた。

光が収まると、見覚えのある白衣姿の人たちがいて……。

「おかあ様っ!?」

先頭に立つママンを見てびっくり！

「事前に伝えられなくてごめんなさいね」

ということは、ママンの後ろにいるのは王立魔術研究所の面々。我が国が誇るマッドなサイエンティスト集団！

「それと、わたくしは公爵夫人としてではなく、魔法工学局長として招かれているの。意味はわかるわね？」

「はい」

お仕事しにきているから、私と遊ぶ時間はないぞってことですね！　心得ておりますとも‼

ママンが魔法や魔道具をいじっているときに邪魔をすると、恐怖の大魔王が降ってくるから……。触らぬ神に祟りなしってね。

いい子ねと頭を撫でられたあと、両肩をしっかりと掴まれ、ママンは凄く真剣な顔をして言った。

「ネマ。少しの間、グラーティアを預からせてくれないかしら？」

「……グラーティアを？」

「ええ。グラーティアの眠らせる毒が必要なの」

例のプシュー作戦に、グラーティアが持つ催眠作用のある毒を使いたいのだと、ママンが説明してくれた。

ルイさんが言っていた眠り薬、何かの薬草を使うとばかり思っていたんだけど違うのか？

「ルイ様が言ってたお薬じゃないの？」

「もちろん、それも使用するわ。でもね、いろいろなお薬に使われているから、耐性を持っている人もいるのよ」

睡眠薬としてだけでなく、鎮痛剤や解熱剤にもその薬草が使われているから、効きづらい人がいるかもしれないってことか。

全員を眠らせるためには、あまり使われていない成分のものも必要で、それがグラーティアの毒だと。

「少しってどのくらい？」

森鬼が帰ってきたのに、今度はグラーティアが離れることになるとは……。

「必要な分量が採取できるまでよ」

「採取⁉」

いつぞやの光景を思い出した。

白の麻痺毒を打たれて嬉しそうにはしゃぐマッドなサイエンティストの姿を……。

「お嬢様！　僕たちが丹精込めてお世話いたしますので、どうかよろしくお願いします！」

フラグの回収か！　と思うくらいのタイミングで、その喜んでいた変態研究員さんが身を乗り出してきた。

彼らのお世話＝怪しげな実験ではないだろうな⁉

「主、グラーティアも離れるのを嫌がっているから、通わせるのでは駄目なのか？」

私の髪の中から森鬼のもとへ、いつの間にかグラーティアは避難して訴えたようだ。

「そうさせてあげたいのだけど、わたくしたちはこちらの研究所に篭もることになっているの。貴女たちの部屋まで送り迎えはできそうにないわ」

宮殿の広大な敷地内には、多種多様な建物がある。

軍部の詰め所に、訓練場。宮殿で働く人たちの宿舎に、国賓を泊める別館が数棟。

ママンが言う研究所もそのうちの一つだろう。

「送り迎えにはノックスがいる。……採取をしたらすぐに帰れるから大丈夫だ」

森鬼が発言している途中で、グラーティアがカチカチと牙を鳴らして何か言ったのかな？

指でちょいちょいとあやしながら、大丈夫だと言う森鬼の声音が優しい。

「ネマのところから通えるなら、そちらの方がいいわ」

「そんなぁ……特異体を観察できると思ったのに……」

うん。グラーティアは通わせることにしよう！

グラーティアを傷つけるようなことはしないと思うけど、変態さんと一緒に過ごすのは、グラーティアの教育によくない。

「ノックスは研究所の場所を知っているかな？」

確認のために、お外で遊んでいるノックスを呼ぼうと思ったが、この部屋には窓がなかった。

なので、ママンたちには待っててと言い残し、部屋から出て窓があるところへ。

森鬼に窓を開けてもらい、大きな声でノックスを呼ぶ。

「ノックスーーッ‼」

レスティンみたいに指笛で呼べたら格好いいんだけどね。

指笛は、いまだ成功したことがない……。

「ピィィィーー！」

私に気づいたノックスが滑空してくる。窓枠をスーッと抜けて、腕を伸ばしている私の前で羽ばたいた。

腕に留まったノックスを肩に移して、ほっぺですりすり。森林浴でもしていたのか、ノックス

からは微かに爽やかな匂いがした。

ママンのもとへ戻るまでにグラーティアの送迎のことを話し、ママンたちについていって研究所の場所を覚えてきて欲しいとお願いする。

「ピィッ！」

了解！　と言っているような元気な返事をもらったので、たくさん褒めた。

ノックスのお腹の羽、今日もいい具合にふわっふわだわー。

「ノックス、グラーティア。いやなことされたらすぐに帰ってくるのよ」

私が言い聞かせている横で、研究員たちがそんなことしませんよ～と涙目になっているが無視！

ノックスとグラーティアをママンに預ける。

「精霊様も見守ってくださっているから、心配しないで」

ママンにそう慰められてハッとした。

「精霊さん！　グラーティアとノックスを守ってね」

精霊がついてくれていれば、研究員たちも変なことはできないだろう。二匹？　の守りを固めたら、少し安心した。

「ネマもいい子にしているのよ。水遊びはほどほどにすること」

なんで私が水遊びをしているの知っているの!?　って思ったけど、毎回お手紙にどんな遊びをしたか自分で報告してたわ。

「はーい！」

◆　◆　◆

いい子にしているとママンに約束したものの、忙しい大人たちと違って私は暇なのである。

ダオとマーリエが相手をしてくれない日は特に！

「そんなに退屈なら、外で遊べばいいだろ」

お部屋でうだうだしていた私に、森鬼が見かねたのか声をかけてきた。

「お外で遊ぶためのおもちゃがまだできてないの」

大工組合にお願いしているものは、まだ届いていない。

完成していたら、こんなところで寝転がっていないで、ダオとマーリエと一緒に遊んでいるよ！

「ふむ……。まぁいい。行くぞ、主」

森鬼に抱っこされ、強制的にお庭へ連行された。

魔物っ子たちは楽しそうだけど、なんだかんだ言ってウルクもちゃんとついてくるあたり、お外はそんなに嫌いじゃないのかも？

森鬼から下りて星伍と陸星をもふっていたら、森鬼は何かを精霊に命じた。

誰かに頼まれてではなく、森鬼が率先して命じるのは珍しいな。

ふわっと風が吹き、微かに地面が揺れる。

精霊のせいだろうと見守っていると、庭のあちらこちらに何かが生えた……。地面がずももっと盛り上がり、いろいろな形を取る。

「こんなものか」

私が呆気に取られているのに、森鬼は満足げ。

え、何これ⁇

壁にトンネルに飛び石。ハードルのようなものもあれば、輪っかに平均台っぽいものも。

これはもしかして、障害物競走ですか？

「うわー訓練場みたい！」

「なつかしいね！」

我先にと駆けていく二匹。その後ろを慌てて追う稲穂。

ハードルを飛び越え、壁をよじ登り、トンネルを潜りと、はしゃぎ回っている姿は楽しそうだけど……。

「私にもやれと？」

「主、こういうの好きだろ？」

えぇ！　好きですとも‼

魔物っ子たちの身体能力にはついていけないが、ハードルをぴょんっと飛び越え、壁は足場になる突起を使ってよじ登り、匍匐前進でトンネルを突き進む‼

飛び石は大股で跨《また》ぐよりも、小さくジャンプして渡る方が楽だった。

一通り一周すると、服は砂まみれに……。障害物がすべて土で作られているせいだろう。

「うーん、これは競走するしかない！」

人間VS魔物のガチンコ勝負だ！

「どう考えても主が負けると思うが？」

「ふっふっふっ。私はひたすら走るのよ！　私が走るのと、星伍たちが障害を乗り越えながら走るの、どっちが速いと思う？」

魔物っ子たちとの遊びの中で鍛えられた私の脚力を披露してしんぜよう！

というわけで、まずはコースの準備。

障害物がある外周を、私が走りやすいように均《なら》してもらう。

次に障害物の順番を決める。

障害物は不規則に生えているため、なるべく駆けやすいコースにして番号札を精霊にお願いして立てた。

「合図出しは森鬼ね」

スタート地点に三匹を並べ、私もちょっと離れた外周の地点に立つ。

「……準備はいいか？」

「いいよー！」

「ぼくも！」

「きゅっ！」

やる気に満ちた三匹の様子を横目に、私も準備万端だと返事をする。

「それでは……始めっ！」

三匹とほぼ同時にスタートは切れた。

最初の障害は、高さの異なる三連続ハードル。いかにスピードを殺さずに飛べるかが大事……って、稲穂！　初っ端から二個飛ばしは反則でしょ‼

稲穂は持ち前のジャンプ力を活かし、三連続のうち二つを一回のジャンプで飛び越えた。

星伍と陸星は、稲穂にぶつからないよう調整しながら、すんなりと通過していく。

そして、そのままの勢いでトンネルに。陸星、星伍、稲穂の順番で出てきた。

もしかして、障害物があっても負けるのでは？

細い平均台を落ちないように渡り、再びハードル。助走をつけたら今度は壁登り。

ここで間髪入れずに飛び越えた稲穂がトップになった。飛び石も軽快な小ジャンプでひょいひょい渡っていく。

そしてもう一度トンネルを潜り、輪っかをぴょいっと。尻尾が当たったのは仕方がないね。

あとはゴールまでまっしぐら……って私がどべじゃん‼

ラストスパートをかけたものの、星伍と陸星には追いつけなかった……。

「きゅうううぅっ‼」

勝ったぞーという稲穂の鳴き声を聞きながら、私はゴールに座り込む。

「……主」

ぜぇはぁと荒い息のまま、森鬼に手のひらを向けた。

皆まで言うな！　やっぱり負けたじゃないかと言いたいんだろう‼

「くやしい！」

「シンキ、もう一回！」

稲穂に負けたことが悔しいと、二匹は再挑戦を要求する。

「私は少し休む……」

全力疾走したせいか、足がプルプル震えているんだよ。

なので、三匹だけでやってもらうことにしたのだが……。

「くやしい‼」

「もう一回‼」

何度やっても壁のところで抜かされてしまう星伍と陸星。稲穂のジャンプ力にはさすがに勝てないようだ。

休息を終えた私も加わったけど、何度やってもどべになる。

そして、先に私の体力がなくなり、まだやりたいという三匹を森鬼が抱っこで強制送還。私はウルクに乗ってゆったり帰ったよ。

お部屋に戻ると、ノックスとグラーティアも研究所から戻っていた。

すでにパウルが用意した食事をもりもり食べている。

ママンに預けた初日、グラーティアは蓄えていた毒をすべて採られたとかで疲れ気味だった。

ママンからは、栄養価の高いものを食べさせることと、しばらくはメロンの葉は与えないようにとの指示が。

メロンは回復薬に使う薬草で、私が眠っている間にママンが試しに与えてみたところ、グラーティアは見事、体内で生物濃縮させた。

それを使って人を助けたこともある。

今は回復薬より毒の生成に注力しろってことらしい。それもあって、最近のグラーティアはよく食べる。

「パウルー、私もお腹すいたー」

「……ネマお嬢様たちは、先に湯浴みをいたしましょう」

「じゃあ、久しぶりにみんなで入ろう！」

魔物っ子たちを連れて浴室に向かい、スピカに手伝ってもらいながら三匹を洗う。

私のお世話があるので服を着たままなスピカは、長風呂派な私が湯冷めしないようにとお湯の温度にも気を配ってくれる。

「イナホが一緒だと、お湯が冷めなくて楽ですね」

星伍と陸星は、レイティモ山で過ごしていた時期があるので、温泉大好きだし、お風呂も慣れっこだ。

稲穂は最初怯えていたけど、どちらかと言うと体を洗われるのが苦手だったらしく、お湯には自ら飛び込むようになった。

そして、お湯加減が合わなければ、自分の力を使って温めるし、冷めないよう温度を維持するまでに。

「ガシェ王国に戻ったら、稲穂も温泉に行こうねー。絶対気にいるから！」

「きゅぅぅ‼」

はぁー極楽極楽～！

10 長年の謎が判明したぞ!

遊びと会議を交互に繰り返していたら、いつの間にかプシュー作戦決行が決まってた。

会議にはすべて出席しましたよ!

だって、私の持つ陽玉と風玉がないと会議できないからね。

たまに意見を求められることがあって、私は率直に述べた。

それなのに、私が意見を言うたびにルイさん笑うんだよ! 酷いよね‼

私は真剣に考えて、粉の眠り薬に美味しそうな匂いをつけたらどうかって言ったのに!

美味しそうな匂いがしたら、なんの匂いだろうって嗅ぐでしょ? 嗅ぐことによって、眠り薬の粉を多く吸い込み、しっかり効き目が出ると思うんだ。

それに、もし効き目が弱くて逃げ出したルノハークがいても、その匂いで獣人が追いやすくなるんじゃないかなぁって。

そんなわけで、私はルイさんをやり込めるチャンスを虎視眈々と狙っているのだが、なかなか巡ってこない。

大人たちは相変わらず忙しく、ここ最近はパウルもよく消えるようになった。

どこで何しているのかはいっさい口を割らないので、たぶんパパンからの命令で動いているのだろう。

「今日は部屋にいろってパウルが言ってたけど、スピカは何か聞いてる？」

「見張ってろって言われました！」

「違う！　そうじゃなくて！」

即突っ込んでしまった……。

スピカ、たまにわかっててふざけている節あるよね？

「他は、カイにも部屋にいるように言っていたくらいですかね？」

だから、この時間に珍しく海が部屋にいるのか。

いつもなら、ご飯探し兼お散歩の時間なのにね。

海は今、膝に稲穂を乗せて、ちょっとぼんやりしながら紫紺を揉みしだいている。

スライムはずっと揉んでいられるから、退屈しのぎになるし、ある意味時間泥棒だ。

私も海の横に移動し、同じように白をもみもみ。

指が沈みながらも押し返される柔らかな弾力！　これを味わうには、ゆっくりと動かすのが一番いい。

もみもみというより、もぉぉみもぉぉみくらいのリズムで、指だけでなく手のひらも全部使って揉む‼

時折強く揉んで、指と指の隙間にスライムボディーがふにゅっと入る感触も楽しむ。

「みゅぅぅ……」

なすがままに揉まれている白だが、気持ちよさそうな鳴き声を上げる。

「ネマ様、お客様がお見えです」

スピカが知らせにきてくれたけど、誰か来るなんて聞いていない。スピカの言い方からして、ダオとマーリエでもない。

「誰が来たの？」

「ユージン・ディルタ公爵令息です」

……いや、スピカは正しい。習った通りに言ったんだと思う。

でも、ジーン兄ちゃん、三十過ぎてんだわ！　まだ当主ではないから、令息であっているんだけどすっごい違和感ある！

「スピカ、今度からジーン兄ちゃんのことはディルタきょうと呼ぶようにしようか」

スピカは素直にわかりましたと受け入れてくれた。

それにしても、ジーン兄ちゃんも忙しいはずなのに、なんの用だろう？

ジーン兄ちゃんが待っている応接室に向かった。

「突然押しかけてごめん」

外務大臣ではなく、文官っぽい格好をしているのは意外だった。変装中ってこと？

あと、お土産もないって謝られた。お土産は仕方ない。ミルマ国から戻ってから、放浪の旅には出られてないみたいだし。

「大丈夫だよ。ジーン兄ちゃんと会えただけでうれしいもの！」

「ありがとう。でも、長居はできないんだ」

そう言って、ジーン兄ちゃんは突然やってきた理由を話してくれた。

「はぁ？　ヴィが海を連れてこいって!?　なんで？」

ほんと、なんで誰も彼もうちの子を連れていこうとするの！

「ルノハークを生け捕りにしたあと、奴らが抵抗しないように、カイに欲を食べてもらいたいらしいよ」

うーん？　抵抗しない欲……違う逆か。抵抗する欲、もしくは反抗する欲をなくしたいってことだよね？

欲にもいろいろあるけれど、そんな都合のいい欲があるのか？

私には判断できないので、スピカに海を呼んでくるようお願いした。

少し待って、紫紺を手にしたままの海が来て、私の隣に座らせる。

「ヴィが、海の力を貸して欲しいって。それで、欲を食べたら悪い人が抵抗できなくなるの？」

「……うん？」

端折《はしょ》りすぎたのか、海に質問の意味が伝わらなかった。

海が首を傾げると、サラサラと髪が流れる。

今度は詳しく、わかりやすく説明した。ジーン兄ちゃんも補足してくれたので、海も理解はしてくれたが……。

「抵抗しなくなるか、わからない。欲なら食べられるけど、欲じゃないなら食べられないから。……でも、生きたい欲を食べれば、人は動かなくなるよ？」

うぉい……さらっと怖いこと言わないでよ。

生きたいっていう欲がなくなったら、無気力になるのかな？　まさか、自害……なんてことないよね??

「欲と欲でない違いを説明できる？」

ジーン兄ちゃんの質問に、海は数秒固まったあと視線を上に向けたまま答えた。

「……濃さ？　強い、いっぱい……重なる？」

日常会話は問題ないけど、思考や感覚的なものを表現するときには上手く言葉にできないみたい。

そもそも海は魔物だし、単独で過ごしていたようだし、十分しゃべれている方だろう。

「執着が強いと食べることができるんだよね」

「そう。食べるとなくなる。食べられるかは、触れてみないとわからない」

海の答えを聞いて、ジーン兄ちゃんは険しい顔をした。

なんとなく、ジーン兄ちゃんがこれから言うことの予想がつく。

海を現場に連れていく気なのだろう。というか、ヴィは端からそのつもりなんだと思うけど。

「……ネマ、構わないだろうか？」

「海はどうしたい？　最低限戦わない作戦にはなっているけど、絶対じゃない。危ない目にあうかもしれない。私としては、他の方法もあると思っているけど、ヴィは海に来てほしいんだって」

「美味しくないものは食べたくない。でも、おうたいし？　が呼んでるなら行ってもいいよ」

海はしばらく考え込んだあと、そう告げた。

私が眠っている間に、ヴィは海を連れ出したことがある。そのときに何か刷り込まれたのか⁉

「本当にいいの？　もし、ヴィに何か言われているのなら、気にしなくていいんだよ？」

ヴィのことだから、海がいなくても上手くいく方法をちゃんと用意してあるはず。ただ、海の方が効率がよいと判断してのことだろう。

「うん。主《あるじ》のためになるから行く」

ヴィのためじゃなく、私のためって……うちの子たち、いい子過ぎない⁉

セイレーンは戦いを好む性質ではないから、そういった場所に赴《おもむ》くのは怖いだろうに。

「ありがとう、海！　いい子、いい子」

ぎゅーっからの頭なでなでしてあげると、海は嬉しそうに目を細めた。

その表情で、私のもふもふ欲を食べているのが察せられるが、いっぱい食べて力をつけておくれ。

「むーっ！　むむむっむぅぅぅー‼」

海の膝の上で大人しくしていた紫紺が、急に激しく体を伸び縮みさせる。

通訳がいないから、何を言っているのかわからない！

「……シコンも行くの？」

海が紫紺に問いかけると、紫紺はむぅむぅと飛び跳ねる。

海に紫紺がなんて言ったのかを聞いたら、ある意味予想通りでもあり、意外でもあることを言われた。

「僕と一緒に行くって。僕を守るって言ってる」

そうか！　海はレイティモ山で雫《しずく》ファミリーとともに生活をしていた。私の知らない間に、本当の兄弟のような関係性を築いていたのか！

つまり、紫紺はお兄ちゃんとして弟を守るぞって張り切っているんだね！　なんて可愛い子なんでしょう‼

……ふむ。レイティモ山からスライムの応援を呼ぶのもありだな。

「海と紫紺が仲いいスライムの子は誰？」

「僕は……青い子たちと一緒だった。シコンは、ヒスイとセイだって」

セイレーンと水辺を好む青系のスライムたちの相性がいいのはわかる。

紫紺はなんで翡翠と青？　翡翠と青は、好む生息環境が異なるのに？

まぁ、スライムの謎生態は突き詰めると虚無感を味わうことになるので、そっとしておこう。

「ジーン兄ちゃん、まだ時間ある？　ちょっとだけ待ってて欲しいの！」

ジーン兄ちゃんが了承してくれたので、私は急いで指示を出す。

まずは、海に荷物の準備をしてくるように言い、念のためスピカに手伝うようお願いした。

海はぼんやりすることも多いので、うっかり下着を入れ忘れたりしそうで心配なんだよ。

それからヒールラン、翡翠、青とそれぞれに声を届けてもらうよう精霊にお願いする。

最後に、お手紙用の転移魔法陣を持ってきて終了。

翡翠と青には、ヒールランが迎えにくるから急いでゴブリンの巣穴近くに行くよう伝え、ヒールランにはゴブリンの巣穴に翡翠と青がいるから、二匹を大至急送るよう伝えた。

二匹が送られてくるのを待つ間、ジーン兄ちゃんは作戦の細かな変更などを教えてくれた。

例えば、作戦開始時に突入する騎士たちは、一ヶ所に固まっていると作戦が露見するおそれがあるため分散させているのだが、転移魔法陣も用いることになったとか。

大人数を運ぶ転移魔法陣は大がかりなものになるので、それこそバレやすくなるのだが、転移先の魔法陣を布製のものにすることにしたそうだ。

一方通行の転移魔法陣であれば、魔力消費が大きくなるけど布製でも問題ないらしい。

布と言っても、ミュガエの繭から作られた糸で織っているので、目が飛び出るほどお金がかかっていたりする。

そのため、王国騎士団特殊部隊魔術隊がせっせと魔石に魔力をチャージしているんだって。

王宮の転移魔法陣は大きな魔石を四つも使って発動させているが、それ以上必要となると予備の魔石を全部使っても足りないことが予想される。

ゆえに、プシュー作戦決行時は、王立魔術研究所の面々と王宮の侍医たちが魔力不足に備えることになったとか。

治癒魔法で魔力を回復することも視野に入れているから侍医も待機させるんだろうけど、治癒魔法での魔力回復は難易度が高いってお兄ちゃん言ってたよ……。

そして最終手段は魔力回復薬だ。即効性の高いものは、反動が強くてしばらく魔法が使えなくなる。

そんな恐ろしい薬を研究員や侍医に飲ませるなんて……ヴィはやっぱり鬼畜だな。

腹黒陰険鬼畜王子の鬼畜っぷりに戦慄《せんりつ》していたら、お手紙用の転移魔法陣が光を帯び始めた。

人を運ぶ転移魔法陣よりも目に優しいキラキラが現れると、魔法陣の真ん中に袋が出現した。

袋はもごもごうねうねと怪しい動きをしている。

中身が翡翠と青だとわかっているので怖くないが、わからなければちょっとホラーな光景だなって思った。

「うきゅーーー‼」

「ののーーん‼」

いつもどの子かわからなかったけど、のーんって気の抜ける鳴き声はお前だったのか‼

やや白みのある緑色をしたスライムこと翡翠を捕まえ、のーんの正体が判明した感動を噛み締める。

ずっと気になっていたけど、いつも何十匹といるときに聞こえていたので、どの子か判別できなかったんだ。ようやくわかってすっきり‼

「紫紺、翡翠、青。君たちに任務を与えます！」

テーブルの上で三匹を横並びにさせて、私は命令する。

「これから海が、悪い人がいっぱいいる場所に危ない任務へ向かう。君たちの任務はその海を守ること！　できるね？」

「むぅっ！」

「うっきゅー！」

「のーん」

ノリ的にラジャーって返してくれているのだろう。

ただ、翡翠ののーんで緊張感がなくなるんだよね。和ませ役としては非常に優秀だけど。

「いい関係が築けているね」

「うちのじまんの子たちですから！」

私がジーン兄ちゃんにドヤ顔を向けていると、海が荷物を持って戻ってきた。

「あ、ヒスイ、セイ」

すぐに翡翠と青に気づき、名前を呼ばれた二匹も海に飛びつく。

私のときと喜びようが違うんだけど……。ちょっとやさぐれた気持ちになった。

「ジーン兄ちゃん、ヴィに絶対に、ぜぇぇぇったいに海に無理させないよう言っておいてね！」

前科ありのヴィだけに、海も被害に遭わないとは限らない。なので、とことん釘を刺しておかないとね。

転移魔法陣でガシェ王国に戻るジーン兄ちゃんと海たちを見送ってから、ヴィに手紙を送る。

しかし、一日経っても二日経っても返事は返ってこなかった。

たとえ一言であろうと、私を馬鹿にする返事を寄越していたのに……。

まさか、見なかったふり⁉


海が無茶振りされていないかやきもきしたけど、ヴィが返事を送らなかった理由が判明した。

準備が整ったので、次のルノハークの集会でプシュー作戦を決行すると。

そして、次の集会日もすでに情報を入手していた。ただし、開始時間は不明なので、その日は関係者全員、朝から詰めておくように。だって。

あの会議室に集合するとしても、陛下やゼアチルさんは公務もあるから無理じゃない？　どうするんだろうねーってお姉ちゃんと話していたら、陛下からお手紙が届いた。

「おねえ様、なんて書いてあるの？」

「当日は陛下の執務室に来るようにですって」

なるほど！

現場に行く人もいるから、作戦当日は人が減っているのか！

それなら、陛下の執務室でも十分かも。

じゃあ、この作戦で死傷者が出ませんようにって、毎日女神様にお祈りしていようかな。

11 プシュー作戦開始！

いよいよプシュー作戦決行日――。

朝食を食べたあと、お姉ちゃんとともに陛下の執務室を訪れた。

「好きに寛いでくれ」

応接用に置かれているテーブルには、様々なお菓子が用意されている。

お言葉に甘えて、早速お菓子に手を伸ばすと、陛下の侍従さんから何やら書類を渡された。

「作戦の最終報告だ。目を通しておくといい」

今はお菓子よりこっちの方が気になる！

書類を受け取り、お姉ちゃんと一緒に覗き込む。

どれどれ……。


まずは当日の作戦内容。

遺跡の周囲に見張り班を配置して、集会が始まってしばらくしたら魔道具を侵入させる。霧状の眠り薬、少し間を置いて粉末の眠り薬を散布。

効力を確認後、本隊が突入。本隊突入と同時に、護送班を王宮から召喚。

本隊はルノハーク全員に魔力を封じる魔道具を装着するのが最優先事項で、そのあとで風魔法と土魔法で身柄を拘束。

拘束した者から遺跡の外に運び出し、ボディーチェックと頑丈な拘束具をつけて、リンドブルムで王都に運ぶ。

変更個所は、ボディーチェックの内容だった。

以前は装備をすべて外す……つまり、下着姿にするって感じだったのが、ローブ・防具・靴を外し、武器を隠せる部位を触れて確かめるに変更されている。

服を破くとしても、意識のない人間をどうこうするのは大変だもんね。

あとは、海が加わったから変更した可能性もあるけど。

次の項目は、すでに完了している下準備の報告だった。

本隊が身を隠すための堀？　塹壕《ざんごう》？　日本語でなんと言うのかわからないが、周りと同化するよう偽装したシェルターみたいなのを作ってあるらしい。

あとは、遺跡にかけられた保存魔法のようなものが弱まっている部分を探し、音で操る魔道具のボールが入れる大きさだけ破壊し、見つからないよう偽装済みだそうだ。

ジーン兄ちゃんが言っていた、転移魔法用の魔石も必要分確保できていると書いてある。

魔石に魔力をチャージした人たち、大変だっただろうなぁ。

その次は……当日使用する装備・魔道具等の注意点だって。

基本装備は、所属部隊にて支給されているものを使用すること。

魔力封じの魔道具は、どうやら完全に封じるものではないらしい。特級や上級は下級魔法を発動する可能性があると、大きく書かれている。

魔法を使う気配がある対象を見つけたら、即報告せよとも。

風の外套《がいとう》という魔道具は、本隊のみの使用とある。各自で魔法の重ねがけをしてもいいらしいが、どんな魔法なのかさっぱりだ。

ようやく、音で操る魔道具の項目に来た。

だけど、魔道具については奏者が王立魔術研究所の研究員に一任としか書かれてなくて、眠り薬についてがメインだった。

一回目の噴射は、魔物から採取した成分を用いて霧状で散布。即効性が高く、一分かからずに効き目が現れる。有効時間はおよそ三十分。

二回目の噴射が薬草を主成分としたものを粉末状で散布。即効性は高いものの、平均五分ほど有する。有効時間はおよそ一時間。なお、この噴射は魔法の使用を封じること、目印となるにおいを付着させる目的も含む。

あとは護送する際の注意事項とか、想定されるトラブルについて、指揮系統の優先順位などの説明がされていた。

「おねえ様、この風のがいとうってどんな魔道具なの？」

「風の外套はね、雨に濡れないよう風を体にまとわせることができる魔道具なのよ」

つまり、合羽みたいなものか？

でも、なんで遺跡に突入する人たちに合羽を着せるんだろう？

いまいちピンと来なくて首を傾げていたら、陛下が答えてくれた。

「風の外套があれば、眠り薬を吸う危険がなくなるんだよ。まぁ、ヴィルが調整すると思うが、念のための装備だ」

陛下は書類を見ながら書き物をしているのに、こちらの会話も聞いていたのか！

「ヴィが調整って、風魔法で眠り薬を吹き飛ばすとかですか？」

「そのときの状況次第だろうが……」

陛下はついに手を止め、書類からも目を離してこちらを見た。

「吹き飛ばすにしろ、上から下へ風の流れを作り、突入した者たちが薬を吸わないよう排出するのではないか？」

風を上から下となると下降気流。それで薬を拡散させないまま排出するのは難しいのでは？

いや、眠り薬を含んだ空気を下の方に押し留めて、外へ出る気流を発生させればいけそう。というか、ラース君ならできそうだよね！

「でも、排出の頃合いを誤れば、外にいる護送班が薬を吸ってしまうのではありませんか？」

「……………ヴィルもちゃんと考えているさ」

お姉ちゃんの質問に答えるまで間があったということは、陛下も一抹の不安を感じているんでしょ！

そして、取り繕うように大丈夫だと微笑んだことから察した。精霊を使って、こっそりヴィに伝えたな。

眠り薬の効き目が短いので、味方が受けても大きな被害にはならないと思うけど……。

「そういえば、どうしてお薬で眠る時間が短いんだろう？　グラーティアの毒じゃないの？」

グラーティアの毒を使っているなら、三十分で薬が抜けることはないと思う。わざわざ効力を弱める必要があったってこと？

「グラーティアから採った毒で間違いないわよ。ただ、そのまま使うと旅立つ人が出てくるから毒性を弱めてあるみたい」

旅立つって、死んじゃうの⁉

考えてみたら、睡眠薬も過剰摂取すると命の危険があるわけで。グラーティアの毒も、大型ネコ科動物を一発で眠らせる威力があるし、危険なのも当然か。

「ほら、ここに『体質によっては意識混濁時でも嘔吐し、窒息するおそれがある』って注意が書かれているわ」

治癒魔法が使える騎士も数名いるみたいだし、大丈夫だと思いたい。

そのあとはお菓子を食べながらお姉ちゃんとおしゃべりをし、執務室の片隅でユーシェとコソコソ遊んだりして時間を潰す。

ユーシェがいてくれてよかった！

陛下のお仕事の邪魔になるからと、魔物っ子たちはお留守番でスピカがお世話している。

パウルと森鬼はついてきているが、遊ぼうって誘った瞬間にパウル大魔王が降臨しそう……。

◆　◆　◆

「うひゃぁっっ⁉」

首筋に鋭い刺激が走り、飛び起きた。本当に、驚いた猫のように体が飛んだ。

「気持ちよく寝ていたのに悪いね。そろそろだと連絡が来たよ」

何が起こったのかわからないまま、陛下にそう言われた。

周りを見れば、ゼアチルさんといった作戦会議でお馴染みの面々がすでにいるではないか！

パウルに身嗜みを整えてもらいながら、先ほどの鋭い感覚はなんだったのかを聞く。

「水の聖獣様が鼻先を押し当てただけのように見えましたが？」

ユーシェの鼻先であんな衝撃はさすがにないでしょと否定する前に、陛下が種明かしをしてくれた。

なんでも、体の一部を氷程度に冷やして起こしたそうだ。子供たちによくやる悪戯だと笑っていたので、ダオたちも同じ目に遭ったことがあるみたい。

パウル、そのいいこと知ったと言いたげな表情はやめて。起こすときは普通に起こして！

気を取り直して、私がお昼寝している間に設置されたであろうスクリーン一式に陽玉をセットし、風玉の腕輪をテーブルの真ん中に置く。

「ラース君、お待たせー」

風玉に向かって声をかけると、どちらの玉も光を放ち始める。

スクリーンには、あのエセ女神像がある広間が映し出された。以前とは様子が違って、広間にはローブで顔を隠した人がいっぱい集まっている。

こちらは夕方だが、遺跡は山の中のせいか、すでに魔道具に灯りが点されていた。

風玉からは、映画や舞台開始前のような独特なざわめきが聞こえる。

遺跡の雰囲気と相まって、これから神聖な儀式でも始まりそうな神秘的な光景だ。

だいぶ経って、一人の人物が祭壇のような場所に立つと、ざわめきは水を打ったように静まった。

その人物が顔を上げると、フードの中から現れたのは仮面――。

お兄ちゃんが言っていた、仮面をつけた謎の人物その一だろう。

『神が我ら人に授けし神物《しんぶつ》は、いまだ見つからん。残るは大陸の北西部のみ。どんな手段を講じてもよいので、早急に見つけ出すよう』

男性とも女性とも取れる声だ。

『神は憂《うれ》いておられる。神を神とも思わぬ者が、神を信じぬ者が数多《あまた》いることを。それらを一掃するのが我らに課せられた役目。皆、神の御心を信じ、神を裏切らぬよう、行動で示すのだ』

あまりにもアレな内容に、私は悶《もだ》えそうになるのを必死に我慢した。

神様！　ここに貴方のお仲間がいますよ‼　思いっきり厨二病を拗らせちゃったような、ヤバい人がここに‼

あの人物が聖主だとしたら、自らアスディロンと名乗るのも超納得！　共感性羞恥で私まで恥

ずかしいわっ‼

しかも、ルノハークの人たち、そんな厨二病を生き神様のように拝んじゃってるよ……。

心の中が荒れに荒れている状態だが、微かに違和感を覚えた。

あの厨二病仮面の近くにいる人……うーん??

『全隊、準備はいいな?』

ヴィの声が聞こえると、スクリーンの映像が広間から遺跡の外に切り替わった。

ついに作戦が始まる。

『これより作戦を決行する。魔研班、始めろ』

王立魔術研究所は音で操る魔道具をかなり改造したようで、研究員たちは音が聞こえない状態でも意のままにボールを操作している。

「……凄いわ」

食い入るようにスクリーンを見つめるお姉ちゃん。これは、頭の中は魔法で埋め尽くされているな。

ボールが無事に遺跡内に侵入し、広間を目指す。

あちらでもスクリーンを用意して、それを見ながら操作しているとしても上手すぎでしょ!

壁に当たることもなく、静かに広間へ無事侵入。

私は先ほど気になった人物を探してみるが、みんな同じローブを着用しているためなかなか見つけられない。

そうこうしているうちに、ボールの表面を壁や床と同じ色合いにしたことが功を奏し、周囲に同化した状態で壁際を転がっていたボールが止まった。

このまま気づかれずにプシューできるか……。

『一回目……噴射！』

あ、いた！

ヴィの声は聞こえないはずなのに、噴射のすぐあとに周囲を気にし始めた人物が目に入る。

その人物を監視するが、なんの変化も起きず……。

プシューされているよね？　ちゃんと噴射って言ってたよね？

ボールの方によぉく目を凝らしてみると、床付近にもやもやした揺めきがあった。

それが徐々に白っぽく濃くなっていき、ドサッバタッという音が聞こえ始める。

異変を感じた人たちがざわめくも、人が倒れていく音の方が大きい。

慌てて先ほどの人物がいた場所を見ると、すでにいなくて……。

「ヴィ、奥！　逃げてる‼」

『二回目、噴射！』

私の報告は間に合わず、すでに霧が立ち込めたようになっている広間に、二回目のプシューが噴射された。

今回は勢いよく、こちらにも音が聞こえるレベルのプシューだ。

映像はあっという間に真っ白になり、何も見えない。

さっきの人、厨二病仮面の近くにいた……。もし、眠り薬が行きわたる前に気づかれたとしたら、聖主共々逃げた可能性がある。

広間がどうなっているのか、まったく見えない状態が続き、執務室にいる面々からも不安の声が上がり始める。

ようやくスクリーンに変化が現れると、ファサーッと左右に押しやられるように白い靄が割れた。

まさに満を持して登場するヒーローのごとき騎士たちの姿に、ババンッて効果音がないのが残念だ。こんなに格好いいのに！

『予定通り、二人一組で事に当たれ！』

号令とともに方々《ほうぼう》に散る騎士たち。

倒れているルノハークの首に、魔力封じの魔道具をカチッとつけて、パァーッと土魔法で瞬時に手足を拘束。

カチッとしてパァー、カチッとしてパァー。なんか、登場が格好よかっただけに、作業が地味に思えてしまう。

作業を開始して間もなく、今度は白い靄が不思議な動きをし始めた。

靄の色が薄まり、床に積もった粉がサーッと水が引くようにどこかへ移動する。

それで終わりかと思いきや、今度はヒュゴーッという逆巻くような不気味な風の音がした。

不気味な風の音は次第に、昔聞いたテレビの砂嵐みたいなザーザーした音に変化し、最後は微風のような音を残し消えていく。

明らかに自然現象ではない風なので、ヴィの風魔法、ラース君の力、精霊の力のどれかだと思われる。もしくは全部だったりして。

『手前は終わっている。外に出せ』

本隊の隊長らしき騎士が、到着した護送班に指示を出す。

先ほどの風で、眠り薬はほとんど排出できたみたい。

護送班の騎士たちには眠り薬の影響は見られず、魔力封じしたルノハークを荷物を運ぶ引っ越し業者のごとく、テキパキと搬出する。

外に運ばれたルノハークはどうするんだろう？

「ディー、お外見せて」

スクリーンの映像が遺跡の外のものに切り替わった。

お外はすっかり夜になっており、魔道具や松明、灯りの魔法で遺跡が照らされている。

これ、遠くから見たら山火事に見えるんじゃ……。

そんな遺跡のすぐ側に、地面の上に綺麗に並べて寝かせてあるルノハーク。

ロープは脱がされていて、黒い物体のようにも見えた。よく見れば、人だってわかるんだけどね。ただ、妙に既視感がある。

うーん、なんだっけ？　何かにそっくりなんだけど……。

もう一度じっくり見て、思い出した。

マグロの競《せ》りだ！　卸売市場にずらりと並ぶマグロ！

でも、実際に並べられているのはルノハーク。

危うく脳内でGに変換しそうになって、慌てて別のことを考える。

このあと、リンドブルムで運ぶって書いてあったけど、オーグルを運んできたときみたいに檻を使うのかな？

突然、映像が切り替わった。

こちらは何も言っていないので、お兄ちゃんの判断だろう。

真っ暗な森の中。かろうじて木があるのがわかるくらい真っ暗だ。

数秒間、音はない状態だったが、ガサガサと何かが動いている音が急に聞こえ始めた。

闇夜にぼんやりと白いものが映る。

これはもしかして幽霊!?

この世界にアンデッドはいないけど、もしかしたらもしかするかも！

何が起きるのかとワクワクドキドキしていると、白いものが大きくなり、はぁはぁという息遣いのようなものも聞こえる。

……これは、ただの人間か。

ローブを着ているがフードは外れ、苦しそうに歪んだ顔が見えた。

幽霊じゃなくて、ちょっとがっかりだよ。

だけど、周りの反応は違っていた。

その人の顔が映ると、大きなざわめきが起きたのだ。そんな、まさか……と言った驚きの声もある。

「カーリデュベル総主祭ですね」

ルイさんが告げた名前は、私も聞いたことのある名前で驚いた。

創聖教の一番偉い人！

最初は聖主じゃないかって疑われていたけど、いつの間にか聖主候補から外れていたんだよなぁ。

こうして逃げているってことは、やっぱりこの人が聖主だったの？

みんな一様に困惑している中、陛下だけが険しい表情をしている。

「パウル、カーリデュベル総主祭について、何か追加の情報はあって？」

お姉ちゃんが尋ねるも、パウルはございませんと頭を下げた。

「そう……。では、これまで得た情報を精査し直しなさい」

「畏まりました」

何はともあれ、そんな偉い人がルノハークの集会にいたことは問題だ。

総主祭は走り疲れたのか、木の幹にもたれかかって動かなくなった。

彼が動かなければ、森は風が吹く音しかしない。だけど、それはそれでおかしい。

人がほとんど立ち入らない森となれば、夜行性の動物や魔物との遭遇もあるだろう。

人間の存在に怯えているというより、もっと恐ろしい生き物が近くにいて、息をひそめているような……。

そのとき、森の闇がさらに濃くなった。

『……竜種か』

空を見上げ、飛び去っていく竜種の影に安堵する総主祭。

だが、彼はもう一つの闇が忍び寄っていることには気づかない。

夜の森に悲鳴が響き渡る。

近くの木々で羽を休めていた鳥たちも、何事かと騒ぎ出した。

総主祭が真っ黒な大きな物体に押し倒されている。

『あ、あなたは……』

『こんなところで奇遇ですね。夜のお散歩ですか？』

大きな物体から伸びる細長いもの。あの形状！　あの揺れ方！　間違いない！　ネコ科の尻尾だぁ‼

大虎《だいこ》族か小虎《ここ》族のどちらかだと思うが、会ったことのない種族の可能性もある。

「やっぱり……こうなると思ったよ」

ルイさんが呆れ半分に呟いた。

なんのことだろうと首を傾げたら、ルイさんはスクリーンを指差す。

『いや、これは……』

『俺は狩りの最中でしてね。危うく、獲物と間違えて、喉元を噛みちぎるところでした』

真っ黒な獣人が上半身を起こすと、わずかな明かりで顔が見えた。ピコピコと小刻みに動く耳も！

「あ、そうすいさん！」

総帥さん……軍部のトップが現場で見張り役とかやってていいの？

そして総帥さんは、牙を見せつけるとしか思えない笑みを浮かべ、総主祭のお腹に一発ズドンと食らわせた。

あー、あれはめっちゃ痛い。音からして痛い。

総主祭、えずいて失神しちゃったよ……。つか、生きてるよね？

総帥さんは総主祭を軽々と俵担ぎして、遺跡の方へ戻っていく。

総帥さんの尻尾……。ピンッと立っていて、時折左右に揺れる。超ご機嫌じゃん！

12 実はプシュー作戦に参加していたメンバーは……。

森の中で逃げた人を確保したからか、映像が遺跡の外に戻った。

マグロの競りが続いているのかと思いきや、四分の一くらいがすでに目を覚ましている。

起きた人たちは手枷足枷をつけられて、次々と檻に押し込まれる。立ったままでぎゅーぎゅーな状態は、通勤ラッシュ時の満員電車と同じくらい密集しているかもしれない。

いやー、ほんと下着姿にされなくてよかったね。

檻を運んできたリンドブルムは、少し離れたところにいた。尻尾をビッタンバッタン地面に叩きつけて、近くにいる人間を脅かして遊んでいるみたい。

これは急がないと、リンドブルムがつまらないから檻を運びたくないと、駄々をこねそうな雰囲気だ。

相棒のご機嫌取りは竜騎士の重要な役目でしょー！　相棒の側を離れて何やってるの！

映像では竜騎士を見つけられないので、ヴィにお願いしようとしたら、映像にヴィが映った。

ちょ……ヴィが翡翠を肩に乗せているだと⁉

そうか！　魔力か！　翡翠はヴィの魔力を狙って側にいるに違いない！

待てよ。ヴィは白の感触をいたく気に入っていたな……。翡翠を我がものにしようと企んでいるのか？

しかし、ヴィと翡翠の衝撃的な光景を吹き飛ばすような、さらなる衝撃を受ける光景が繰り広げられた。

「海っ‼」

短剣よりも小さなナイフを持った男が、海に襲いかかったのだ。

その凶刃が海へ届く前に、男に向かって何かが投げられた。

ナイフに刺さる紫色と、男の顔にへばりつく青色。

男はナイフを放り捨て、顔に張りついているものを剥がそうともがく。

ホッとしたのも束の間、執務室に絶叫が響いた。

ルイさんや軍部の人は、あーあって顔してるけど、何が起きているのか理解しているってこと⁉　男は顔を押さえて、地面を転がるほど痛がってるよ？

明らかに男が痛がっている原因は青なんだけど、地面をゴロゴロ転がっていることから、麻痺《まひ》系の毒ではないと思われる。

あと考えられるのは、私が知らないだけで何かしらの毒を有していた、人間を食べようとしているくらいか？

まぁ、紫紺と青のファインプレーで海が助かったからいいか。あの男の人には申し訳ないが、海を襲った天罰だと思って痛みに耐えてもらおう。

海の無事をヴィにも確認してから、声を海たちにも聞こえるようにしてもらう。

「海、無事でよかった。ヴィにいやなことされてない？」

『うん。でも、美味しくないのばかり。主の方が美味しい』

私のもふもふ欲は純粋だから、海も美味しいと感じてくれるのだろう。

ルノハークがもふもふの素晴らしさに目覚めれば、世界も平和になるのになぁ。

「帰ってきたらいっぱい食べさせてあげるからね」

『うん！　がんばる！』

帰ってきたら、いい子いい子もたくさんしてあげよう！

「紫紺と青も、海を守ってくれてありがとう。ごほうびあげるから、何が欲しいか考えておいてね」

『むぅぅ！　むむむむぅー！』

『うきゅぅぅっ！　うきゅっきゅう！』

うん、何を言っているかわからん！　ので、いつも通り森鬼に通訳をお願いした。

「シコンが珍しい毒が食べたいと言っていて、セイが美味しい魔力を食べたいと言っているな」

紫紺はわかるとして、青はなぜ魔力？

何度か魔力を食べたことはあるはずだけど……美味しいと頭につけたってことは、中級と上級では魔力の味が違うとかあるのかな？

だとしたら、青が好む水属性を持つ、上級のお兄ちゃんか特級のママンで食べ比べできたら面白いが……。ママンはちょっと危険かもしれない。

水魔法の特級といえば、陛下もそうだったなぁと、陛下を見やる。

陛下はルイさんとヒソヒソ話していたのに、私の視線に気づき、こちらをチラ見してきた。私は慌てて、なんでもないよと手を振る。

さすがに、陛下の魔力をスライムにあげて欲しい、なんてお願いできないよ。

『の一ん……』

悲しげな鳴き声がして映像に視線を戻すと、ヴィの頭の上で翡翠がぷるぷるしてた。

「自分にはご褒美ないのかと聞いているぞ？」

翡翠はヴィにくっついていたから、出遅れたのか。

でも、翡翠にもご褒美あげちゃうと不公平になるから……。

「そうだ！　翡翠はヴィのお手伝いをして、ヴィからごほうびをもらうのはどう？」

『の一んっ！』

ご褒美がもらえればなんでもいいのか、翡翠は体を伸び縮みさせてやる気を見せた。

『おい、勝手に決めるな。まずは俺の同意を得ろ』

ヴィなら乗ってくると思ったので、怒ったのはちょっと意外だった。

お兄ちゃんやアイセさんをあれだけこき使うんだから、多才な人や優秀な人を好んでいるんじゃないの？

スライムはいろいろなことができるよって言ったら、ヴィが考え込み始めたので、スライムの長所をしっかりプレゼンした。

白を見てもわかる通り、変な技をいっぱい持っていて、変幻自在で物理攻撃も効かないし、な

んでも食べる！　あと、触り心地も抜群‼

『確かに使えないこともないか……』

何が決め手になったのかは不明だが、ヴィは私の提案を受け入れてくれた。触り心地が後押しになったのかな？　あのふにふに感はたまらないもんねー。

ふにふに感で思い出した！　リンドブルムをどうにかしないとだった！

ヴィにリンドブルムのことを伝えようとする前に、檻の方から大きな悲鳴が上がる。

『変な鳴き声～。……ぐわっ！』

檻の中にいる人間の反応を面白がっているリンドブルム。退屈すぎて、檻の中の人間で遊んでいるようだ。

考えてみれば、竜舎の子たちは怖がる人間をあまり見たことないのだろう。

竜騎士はあれだし、他の騎士団の騎士たちもリンドブルムたちがいい子だと理解しているので怖がったりしない。

怖がるとしたら、騎士に捕まった犯罪者たちくらいでは？

急いで戻ってきた竜騎士がリンドブルムを宥めようとするも、リンドブルムはそれを拒否。いやいやをするように首を振り、さらには竜騎士に頭突きまで……。

吹き飛ばされた竜騎士は可哀想だけど、竜舎ではよく見られる光景なのも確か。

竜騎士はすぐに立ち上がり、猫撫で声でもう一度リンドブルムに挑戦する。

しかし、リンドブルムはプイッと顔を背けて無視！

あー、これは竜騎士が傷つくぞ。我儘、駄々っ子はいいけど、無視されるのは悲しい！

リンドブルムは檻の中の人間にちょっかいを出しては、竜騎士を遠ざける。

そしてついには、竜騎士が泣き始めた。なんという修羅場！　って感じだけど、泣き落としは竜騎士に必須な歴とした技である。

『リンドブルムを頼めるか？』

ここで時間を消費するのはよくないのだろう。ヴィが、リンドブルムのご機嫌取りをお願いしてきた。

ラース君には私の声が聞こえるようお願いして、ディーにはリンドブルムがよく見えるようにしてもらう。

リンドブルムの全体が大きく映し出され、私はようやく個体識別が可能になった。

「ルンル、ネマだよ。聞こえる？」

『ネマ！　うん、聞こえるよ。どこにいるの？』

ルンルはギゼルの妹の子供で、成体になって数年しか経っていない若い子だ。ちなみに、ルンルと可愛らしい名前だが、立派な男の子である。

将来は、ギゼルのような凄いリンドブルムになる素質はあるものの、まだまだ言動に幼さが残っていた。

今も、私を探してキョロキョロと辺りを見回している姿が、母親を探す子供みたいで可愛い。

声だけ届けてもらっていることを伝えると、ルンルはあからさまにがっかりした。

「それでね、そのおりにいる人は悪い人なの。ルンルが運んでくれると、竜騎部隊のみんなが王様にほめてもらえるんだけど……」

褒めてもらえるか定かではないが、あの王様なら何かしらやってくれるはず。

『ぼくが運ばなかったらどうなるの？』

「うーん、ワイバーンにお願いして、ライナス帝国に運ぶかも？」

他のリンドブルムが運ぶ可能性が高いが、ルンルがやらないなら自分もやらないと言う子もいそうだ。

なので、手柄が他所に行っちゃうことを匂わせた。

『ワイバーンはだめ！　絶対だめ！　ぼくが運ぶからワイバーンはだめ‼』

威嚇するように喉を震わせながらグルルと鳴くルンル。

「わかった。ルンルに任せる！　お願いね！」

『うん！』

ウガーッと吼えて、尻尾で地面をバンバンして、竜騎士に早くしろとルンルが訴える。

先ほどまで泣き落としをしていたのが嘘のように、竜騎士も満面の笑みでルンルに跨《また》がった。

水鳥のように、助走をしながら翼を羽ばたかせ、そして空へ。軽く旋回し、檻の上部にある取っ手みたいな部分を後脚で掴み、重さなんてものともせずに浮かばせる。

『行ってくるねー‼』

ルンルの鳴き声とともに、檻の中の人たちの悲鳴も夜空に吸い込まれるがごとく遠ざかっていった。

満員電車状態で空中飛行なんて、絶対に乗り物酔いしそうだなぁ。

それからすぐに次の子が空《から》の檻を運んできた。リンドブルムが退屈しないように、竜騎士は側から離れるなと、ヴィが厳命していたのでもう大丈夫だろう。

そして、リンドブルムを待たせないようにと、ルノハークを荷物みたいに運んで次々と檻に押し入れる騎士たち。

諦めたのか、なすがままのルノハークたちだったが、急にざわめきが起きる。

『狩ってきましたよ！』

ご機嫌な様子の耳と尻尾をした総帥さんが、ヴィの前で担いでいたものをドサッと落とした。

狩りが下手な飼い主のために、飼い猫がネズミを狩って与える光景に見えたのは気のせいだな。総帥さんの飼い主はヴィじゃないし。

地面に転がされた人物を、ヴィは足で正面にする。そして、思い切り顔を顰《しか》めた。

『……カーリデュベルか。厄介だな』

ヴィが何やら真剣な顔をしている中、陛下は総帥さんに言葉をかける。総帥さんは、キリッとした表情で陛下の言葉を受け取った。

その様子を見ていたルイさんは、必死に笑いを堪えている。

「ネマちゃん、あいつの顔見た？　飼い主に褒められるのを待っているリアみたいだよね？」

私に同意を求めようとしないでくれ。

確かに、キリッとした表情の中に、期待に胸躍らせている感じもあったけどさ。

大型のネコ科動物が祖先の獣人を家猫に例えるのは可哀想だよ！　まぁ、見えることは否定しない。

「そうすいさんは悪い人を捕まえたから、ほめられるべきです！　ルイ様、そうすいさんに意地悪ばっかりしていると、愛想尽かされますよ！」

幼馴染みの気安さがあっても、本人がいないところではダメだ！

「クォンに愛想尽かされるのはいろいろ困るなぁ」

「じゃあ、ちゃんと労《いたわ》ってあげましょう。ほめられたらもっとやる気が出ますし！」

「だとすると、今回は僕じゃなくて、陛下の役目だと思うけど？」

ルイさんは陛下を見て、ニヤリと笑った。陛下はそれを受けて、本当に考え始める。

「ストハン総帥に個別に褒賞を与えるのであれば、参加した他の者にも与えねば不公平だな」

そう言って陛下は、臨時ボーナスの支給をゼアチルさんに命じた。

不公平と言えば、ガシェ王国側もボーナス出るかな？

檻を運んだリンドブルムたちにもご褒美あったらいいと思うし、獣騎隊もいるなら……獣騎隊の姿を見ていないんだけど、参加しているんだよね⁇

作戦開始からこれまで、獣騎隊の動物と思しき姿は皆無だ。どこかに隠れ潜んでいるなら、見つけられないのもわかるけど。

「獣騎隊も参加しているんだよね？」

『あぁ。見張り班にいるぞ。竜騎部隊は一つ向こうの山で待機させている』

『光景で見せてあげるよ』

ヴィが教えてくれて、お兄ちゃんがわざわざ映像で映してくれた。

見張りをしている騎士たちと、ライナス帝国軍の獣人とエルフのペアが草の中で身を屈めている。

獣騎士は獣舎で顔馴染みの人で、肩に乗せている二匹のファルファニウスが相棒のようだ。獣騎士の頭を毛繕いしてあげているのが微笑ましい。

ファルファニウスは、横跳び姿が可愛いベローシファカに似ている猿で、森の中の移動を得意とする。

映像は次の見張り班を映し、こちらにも顔馴染みの獣騎士がいた。こちらの相棒はフォレストウルフが二頭。わんこたちは退屈しているのか、獣騎士の足元で仲良く寝そべっている。

次は……って、レスティンがいるじゃん‼

「レスティン、現場に出られるようになったの⁉」

薬を全部飲んで、脚の状態もかなり回復したと報告は受けていたけど、リハビリしているもんだと思ってたよ。

『我が家の治癒術師は優秀だからね。薬を飲んだあとの健康管理も完璧だよ』

レスティンの治療を行ったのはエルフのヴェルだが、彼女の雇用主はオスフェ家なので我が家の治癒術師で間違いない。

エルフの秘薬を探しているときに、ヴェルが帝都のエルフの森出身で、しかも長の孫娘だと知った。

治癒魔法が使えて秘薬にも詳しいとなれば、彼女以上の適任はいないということで、レスティンを診てくれるよう頼んだんだ。

エルフの秘薬の材料を集めるのは大変だったけど、レスティンの脚が治ってよかった！　これでワズにも乗れるね！

今は作戦中ということもあって、レスティンに声をかけるのはやめておいた。

ただ、レスティンの相棒は何匹いるの？　その子がレスティンの相棒だとは聞いてないんですけど⁉

レスティンが大事そうに抱えている動物はシルイエリア。名前の最後にリアとある通り、リアの近縁種だ。

見た目はリアだけど、大きさは猫のメイクーンと同等かそれ以上に大きい。それなのに樹上棲という、ちょっと変わった猫ちゃんなんだよ。

ネコ科の動物って、大きさに関係なくみんな猫ちゃんだよねぇ。

レスティンが抱いている子も、リアと比べると大きくて重いのに、そのずっしり感がなんとも……。くぅぅ、レスティンと代わって、私が抱っこしたい‼

他の見張り班も全部見せてもらった結果、獣騎士は全員顔馴染みの人だった。

『ダン隊長もいるよ』

お兄ちゃんの言葉とともに、ダンさんの姿が映る。

どこかの空き地？　それとも、魔法で整地したのかな？　風景からでは場所がわからないけど、なんか広いところにダンさんがいて、その隣は相棒のマイルだろう。

他にも数組の竜騎士とリンドブルムがいて、円状に並んでいる。

凄く儀式っぽい光景だが、何をしたらそうなった？

『リンドブルムの中継地で、ここで檻を運ぶ役を交代しているんだ』

お兄ちゃんによると、さすがのリンドブルムでもあの重量を王宮まで運ぶと負荷が大きいということで、ここで待機している子と入れ替えるんだって。

あれだけ満員電車なら、そりゃ重いよね。

でも、逆にスッカスカも危ないらしいので、かろうじて身動きが取れる密集具合にしているそうだ。

最後の一人が檻に入れられ、リンドブルムが王都の方角へ飛んでいくまでを見守り続けた。

『作戦終了！　調査班以外は撤収準備にかかれ！』

遺跡の調査のための人員を残し、他はすべて撤収するみたい。

ヴィはお兄ちゃんがいる場所に戻り、陛下にあることを告げた。

『そちらの貴族もいるようです。身元を確認次第、報告を上げますが、身柄はどうしますか？』

「もちろん、こちらで引き取るよ。叩けばいろいろと出てきそうだ」

陛下、笑っているのが余計に恐ろしく見えるよ！

それから、帝国貴族の取り扱いについてとか、平民はどうするかとか、そのまま特命部隊に監視をさせる云々とかを話し合った。

「では、そこにいる特命部隊の指揮はストハン総帥に一任する」

総帥さんが恭しく拝命されているとき――。

ぐぅぅぅぅっと動物の鳴き声のような音がはっきりと聞こえた。そう、はっきりと！

あちら側にまで届いたのか、総帥さんが怪訝な顔をして周囲を見回す。ルイさんは音の発生源に気づき、笑いを堪えようと誠意努力中だ。お兄ちゃんは天使のような微笑みを浮かべ、お姉ちゃんは私の頭を撫でる。

この二人は慰めではなく、ただ可愛いって思っていることがわかる。

「ネフェルティマ嬢がお腹を空かせているようだから、ここで切り上げたいと思うが、ヴィルはどうだ？」

『構いません。何かあれば、精霊を使いますので』

私のお腹の音が、終業のサイレン代わりにされた……。

だが、起きたことはどうしようもない。ここは開き直って、空腹を訴えるべし！

「美味しいご飯が食べたいです！」

閑話　ルノハーク生け捕り作戦の全容。　視点：ヴィルヘルト

ルノハークに潜入している情報部隊の騎士から、緊急連絡が入った。

次の集会の日にちが決まったとのこと――。

いよいよかと、各方面に指示を出す。

事前工作の進捗、要となる魔道具と眠り薬の改良、操作訓練の成果など、確認することは山ほどある。

すべての報告を受けて隊長らと話し合うと、作戦に支障が出そうなことがいくつか上がってきた。

まずは、眠り薬の効力が短いことだ。

長くできないかと打診したところ、効き目を強くすると死ぬ確率が高くなるが、それでもいいならと返された。

死ぬのが末端なら問題ないが、ルノハークの幹部など情報を多く持っている人物に死なれると困る。

眠り薬は諦め、いかに作業を簡略化し、素早く終わらせるかを考えた。

連日、各所とのやり取りに追われ、ネマから届いた手紙は必然的に後回しとなった。

作戦決行日の前日に作戦に関わる者を王宮に集め、最初で最後の全体会議を行う。

この作戦には、ガシェ王国側は王国騎士団第二・第三部隊、情報部隊、特殊部隊、竜騎部隊、そして俺が率いる烈騎隊と後方支援で王立魔術研究所と侍医局が参加し、ライナス帝国からは皇帝直属の特命部隊が加わっている。

今回の作戦は機密性を高めるために、騎士団上層部が騎士たちを綿密に調べ選出し、作戦の詳細を話す前に国王陛下へ名に誓わせる徹底ぶりだ。

全体会議では、すでに発表されている班分けを再度確認。様々な部隊を交ぜて編制しているので、顔合わせも兼ねている。

見張り班の編制は情報部隊、特殊部隊、第二・第三部隊を中心に組み、その各班にライナス帝国軍の特命部隊所属の獣人とエルフが数名ずつ加わっている。

各見張り班の指揮官は、俺の配下である烈騎隊の者たちを指名した。俺の指示の出し方の癖や意図を、彼らが一番理解しているからだ。

本隊は烈騎隊を中心に、上級以上の風魔法・土魔法を使える者で固めている。

遺跡に突入し、眠ったルノハーク全員に魔力封じの魔道具をはめ、魔法による一時的な拘束をする役目を負う。

護送班は、特殊部隊と竜騎部隊を中心とし、竜騎部隊以外は本隊が突入後に転移魔法陣にて呼び寄せる。眠ったルノハークを遺跡から運び出し、罪人用の拘束具をつけ、武器などを隠し持っていないか調べたのち、リンドブルムたちに運ばせる予定になっている。

この作戦は、俺の契約者としての実力が試されるものでもある。

失敗すれば、味方にも大きな被害を出してしまう可能性が高い。

絶対に失敗はできないと、己を奮い立たせた。

◆　◆　◆

遺跡から程よく離れていて、なおかつ草木でわかりづらい場所を見繕い、陣頭指揮の本部を設営する。

設営と言っても、天幕はなく、土魔法で作られた机と椅子だけの簡素すぎるもので、すぐに放棄できるよう最低限にした。

持ち込んだのは、地図や魔道具といった打ち合わせに必要なもののみだ。

一人の騎士が魔法で土の壁を作り、他の騎士たちがその壁に大きな白い布を張りつける作業をしている。

「右が下がってるぞ。もうちょっと上……そこ！」

「ラルフリード様、高さはこれくらいでよろしいでしょうか?」

「はい。ありがとうございます」

素直に礼を言うラルフの、貴族らしからぬ態度に、騎士たちも恐縮しながらどこか嬉しそうな顔をしている。

ラルフのあれは昔からなので、今はなんとも思わないが、一度忠告をしたことがある。甘い態度をしていると、下の者をつけ上がらせるぞと。

そうしたら、ラルフはにっこりと笑って言った。

『威厳も大事だけど、お互い気持ちよく仕事したいでしょう？　それに、そんな無能を見極めるいい機会でもあるんだよ』

それを聞いて、こいつも間違いなくオスフェだと確信した。

オスフェの血筋は、使える人材を囲い込む習性がある。囲い込んだらとことん大事にするので、相手はオスフェに心酔し、忠誠を誓う。

そうしてできた群臣は、貴族の中では最多だと思われる。

「ヴィル、どこからやろうか？」

「それより、あれは放置でいいのか？」

俺が示した先には、スライムがいる。なぜかカイにくっついてきた三匹と、いつの間にか増えた三匹。

後者は、ラルフに寄生しているスライムたちだ。

「久しぶりに会えて喜んでいるんだよ」

聞けば、ネマが名付けた親スライムの最初の子たちだと言う。

スライムに兄弟という概念があるのかわからないが、ともに育った同族としての情は持ち合わせているみたいだ。

作戦開始前には回収すると言うので、スライムたちは好きにさせることにした。

まずは見張り班の確認から。

見張りは遺跡を取り囲むように複数の地点に配置している。

遺跡が目視できないとか、逆に遺跡から姿が見えるなど、光景を使っての下見ではわからなかった部分を調整していく。

次は本隊。

こちらは事前に作っておいた塹壕《ざんごう》に待機する以外ないので、特に問題はなし。

護送班は、一応王宮の転移魔法陣の間に集合をかけた。あちらには、連絡係としてシーリオがいるので、作戦が始まるまでは多少好きに動いてもよいとは伝えている。

「この人が来たなら、陽が傾く頃までは始まらないよ」

確信を持って言うラルフに、その理由を聞いた。
二、三日に一度、広間を掃除に来る信者がいて、それが今映っている人物らしい。
そして、色が満ちるほどの時間をかけて掃除するそうだ。だから、夕方なのか。

それだけ時間があるならと、朝も早くから動いていたこともあり、交代で休憩を取るようにした。

俺たちも、広間を掃除する信者を監視しながら、味の濃い携帯食を頬張る。

「この人物は女性か？」

「じゃないかな？　背格好や足運びが女性っぽいよね」

掃除に励む信者の人物像を予想しながら、時が来るのを待つ。

女神像がある広間には、同じ外套で顔を隠した者たちが集まり始めた。

まもなく開始すると、セリューノス陛下に伝えるよう精霊に頼む。

「あちらの準備ができるまで、ここにいる奴らの顔を拝むとしよう」

二人でできるだけ顔を確認していく。

「……こいつはライナス帝国の貴族だな。宴で見かけた覚えがある」

「この人、ワイズ領の代主《だいしゅ》を務めるサスロ子爵の傍系じゃないかな？」

ラルフが反応した人物を見ても、俺には誰かわからなかった。

サスロ子爵自体、名前を覚えているだけで顔は思い出せない。

とりあえず、わかる人物は名前を、うろ覚えな人物は特徴を記録していく。

身元が判明した者の半数が、貴族の三男以下か傍系であるのは面白い。

将来の不安や本家への羨望など、胸の内に抱えるものは様々だとしても、つけ入る隙があったことが見て取れる。

「……来た、仮面をつけた奴だ」

遺跡の深層部にある転移魔法陣から、仮面をつけた人物が現れた。

その人物を出迎え、付き添う人も同じような仮面をつけている。

この二人が最重要人物であると認識した。

だが、二人は他のルノハークと同じように顔を俯《うつむ》け、集団の中に紛れる。

その行動の理由は、仲間にも身元を知られたくない、そして仲間を信用していないことを示す。

こうなると、尋問したところで聖主に繋がる情報が得られるか怪しいな。

仮面の人物以降も十数名が合流し、広間は静かなざわめきが途切れずにいた。

そこに音もなく祭壇に進み出る人物。その人物が壇上に到着する頃には、衣擦れの音すらしない静寂が場を包む。

仮面の人物がしゃべり始める。

明らかに不自然な発声。性別をわからなくするために、少し無理をして出しているようだ。

言っている内容は少し……いや、かなり妄言というか虚構的な感じが隠せていない。

確かに創造神は、我々に世界を授け、命を授け、滅びを授ける。だが、それらは普遍的であり、この世界に生まれたものすべてが享受できるものだ。

特別なものを授けたとすれば、それは精霊と聖獣の存在。

神物などというものは存在せず、世界をどうこうできるわけもない。

ラルフに目配せをすると、彼は力強く頷いた。

「全隊、準備はいいな？」

俺の声を精霊たちが各班長たちに届ける。そして、準備完了の声を持ち帰った。

光景を映す布の前を空け、魔道具を操作する研究員たちに譲った。

作戦開始を宣言し、研究員たちに指示を出す。

聞こえない音で操る術《すべ》を短期間で身につけるのは難しかったのか、彼らは楽譜のようなものを用意していた。

研究所の横に、遺跡の一階部分を再現したものを作って練習していると聞いていたが、この楽譜を作るためだったのかもしれないな。

研究員たちは練習の成果を存分に発揮し、見つかることなく広間への侵入を果たす。

一つ目の球が予定位置で停止。残りの二つ目、三つ目を待つ。

広間では、仮面の人物の演説が終わり、各地で得た神物とやらの情報の報告が行われている。

すべての球が停止したのを確認。

「ラース、力を借りるぞ」

『好きにするがよい』

ラースの許しを得て、身につけている風玉からラースの力を受け取る。

魔力に似ているが、もっと原始的な荒さを持つ力。神の片鱗であり、神が持つ一面。すなわち破壊――。

その荒々しい力を体内に取り込むと、その影響を受けて俺の言動も暴力的になる傾向がある。

風の特性なのか、風の精霊もラースの力も抑えつければ反発する。だからと言って衝動に身を任せるのではなく、この感覚を楽しむことが一番楽な制御方法だ。

ラースの力を自分の魔力のように操り、遺跡の広間へと延ばしていく。

静かに、ただ空気が漂うように。誰も気づかぬまま、あの場は俺に支配される。

気分が高揚し、自然と笑みが浮かんだ。

「うーん、ネマには見せられない顔だね。ディー、映さないように」

「うるさい。一回目……噴射！」

伸ばした力から微かに風の魔力を感じ、そして小さな小さな水滴がゆっくりと噴出する。

それを徐々に、まんべんなく広げ、上へ上へと押し上げる。

小さな小さな水滴でも、数が増えれば目に見えるようになり、白い靄《もや》となった。

靄を吸った者はすぐに意識が朦朧《もうろう》とし、一人、二人と倒れ始めた。

異変に気づいてももう遅い。白い靄はお前たちの顔にまとわりつき、呼吸をするたびに体内へ入っていく。

二回目の噴射の指示と同時に、ネマの声が聞こえた。

逃げている者がいるとわかり、二回目の噴射で噴き上がった粉末を瞬時に全体へ行きわたらせる。

もし、眠り薬が効かなかったとしても、粉末につけられた匂いまでは落とせない。

この匂いもまた、獣人しか嗅ぎ分けられないものだからだ。

「逃げた奴はどうなった？」

精霊に問うと、一人が遺跡の外に出て森へ入ったと返ってくる。

逃げた方向に待機している見張り班には捜索を、本隊には広間への突入を命じた。

ちょうどその見張り班にはあの方がいる。狩りだと張り切りすぎなければいいが……。

それからすぐに、本隊が眠り薬を吸わないよう、彼らの周りを綺麗な空気で保護する。

個別に保護するのは加減が難しいな。力を込めすぎて、騎士を吹き飛ばしてしまいそうだ。

「転移魔法陣を発動してください」

俺が力の制御に集中しているため、ラルフが代わりに指示を出してくれた。

護送班が遺跡の中に入るためには、眠り薬を吹き飛ばさなければならない。

「精霊たち、眠り薬の粉を一ヶ所に集めて、飛ばないようにしてくれるかな？」

『いいよー！』

『仕方ないからやってあげる〜』

ラルフと精霊のやり取りを聞いて、予定にないことをするなと注意しようとしたら……。

「回収しないと。このまま森に捨てたら、動物に影響があるかもしれないよ」

先に理由を説明されて納得する。

精霊が粉の飛散を抑えてくれるなら、空気の入れ替えだけで大丈夫そうだな。

ラースの力はそのままに、自分の魔力を使って風を発生させ、遺跡の中へ吹き入れる。

風が狭い出入り口を通り、広間へ抜けるときに魔物の鳴き声に似た音を出した。遺跡の壁に反響して、さらに不快なものに。勢いをつけすぎたな……。

今度は勢いに気をつけて、風を循環させてから新しい風に入れ替える。

「ヴィル、大丈夫？」

同時に二つの力を制御するのはなかなかくるものがあるが、あと少しだ。

風の精霊に、眠り薬の成分が残っていないか確認させ、大丈夫との返事をもらうとすべての力を解く。

深く息を吐いて、体の力を抜いた。だが、これで終わりではない。

「カイ、行くぞ。ラルフはここに残って監視を頼む。ついでに逃げた方がどうなっているのかの確認も」

「わかった」

ラルフにあとを任せ、俺はカイとおまけのスライムたちを連れて、ルノハークが寝かされているところへ向かう。

スライムがくっついてくるのは構わないが、なぜか一匹、俺の頭に乗ってのん気に鳴いている。

鬱陶《うっとう》しいと、カイの方へ戻しても、次の瞬間には俺の服に張りついていた。

相手にする時間が惜しいので、頭には乗るなと言い聞かせ、あとは好きにさせておく。

「目を覚ましたぞ！」

護送班がルノハークの外套を脱がしたり、装備を外したりと慌ただしくしている中、一角で叫び声が上がる。

拘束具があるので逃げられることはないが、騎士たちが押さえつけても暴れている男がいた。

「カイ、頼んだ」

カイはこくりと頷くと男に近寄り、手を肩に置く。

男はカイを睨みつけたと思ったら、どこを見ているのか急に目の焦点が合わなくなった。

すでに暴れる様子もなく、ただ茫然としている。

なんの欲を失ったかわからないが、欲を食われるというのは恐ろしいな。

目を覚ました者から順に、カイに欲を食らってもらう。

「美味しくない」

中年男性の欲を食べたあと、そう呟くカイ。

よほど不味かったのだろう。珍しく表情にも表している。

稀に美味しいというときもあり、美味しい欲はなんだったのか聞こうとしたときだった。

俺が声をかける前に、カイは若い男に近づいた。

若い男が不可解な動きをしたと思ったら、カイ目がけて隠し武器を振り下ろす。

「むーーっ‼」

「うきゅーーー‼」

カイよりも先にスライムたちが反応し、男に飛びかかる。一匹は武器にまとわりつき、もう一匹は男の顔面に張りついた。

そしてすぐに、恐怖をにじませた絶叫が口から放たれる。

「やめろっ！　目が……目がぁぁぁ……」

本当にやるとは思わなかったが、教えておいて正解だったな。

スライムたちにはいざというときのために、ライナス帝国軍のエルフから教わったやり方を伝えていた。

人の急所、特に常に露出している目をスライムに消化させると、激痛と恐怖からすぐに落ちると。

本来は、尋問するための方法だが、視力を奪えばできる抵抗などたかが知れている。

「セイだったか？　よくやった」

「うっきゅーっ！」

褒められたことを喜ぶように、顔面に張りついた青いスライムが鳴く。

「むぅぅ！　むっむっ！」

濃い紫のスライムは、それが気に入らないのか不満げだ。

『シコンは毒がついた武器食べたのにって言ってるよ』

精霊がスライムの言いたいことを伝えてくる。

紫のスライムは毒性のあるものを好んで食べるんだったな。……ただ、本能に従って、食べ物に飛びついただけじゃないのか？

褒めて欲しそうにしているので、シコンにも声をかけて撫でてやる。

『ヴィ！　海は無事⁉』

ネマの焦りを含んだ声が聞こえた。

光景を見ていたとしても、確かめないと安心できないのだと感じ、カイは無事だと断言する。

『私の声が海たちにも聞こえるようにしてくれる？』

ラースに視線をやると、澄ました顔で尻尾を一振り。

聞こえるようにしたことを伝えると、ネマはカイたちに労《ねぎら》いの言葉をかける。

しかし、俺に嫌なことをされていないかと聞くのは、ラルフにいろいろと任せたことをまだ根に持っているからか？

『坊よ、愛し子に愛想を尽かされたのではないか？』

ネマの発言を聞いてか、ラースがそんな心配をしてきた。どこか楽しんでいる部分もあるが……。

『拗ねているだけだろう？』

『愛し子から見れば、兄を不当に扱い、名で縛った配下を奪い、手紙の返事も寄越さぬ不徳者ぞ』

ラースは、俺が悪の親玉みたいな言い方をする。

元を正せば、すべてこいつらのせいだろう。

すでに拘束されているのに、抵抗をするルノハークらを見て、名前同様にしぶといなと感心する。

突然、頭に何かの感触がした。そして、スライムの鳴き声も。

精霊はこの鳴き声も訳して教えてくれたが、ネマへの訴えなので、俺は静観することにした。

だが、それは一瞬で覆される。

『翡翠はヴィのお手伝いをして、ヴィからごほうびをもらうのはどう？』

頭の上にいるスライム、ヒスイは再びのーんと鳴く。どうもこいつの鳴き声は力が抜ける。

『やるって張り切ってるよ？』

精霊が訳した内容に、勝手にやる気を出すなと、口にしそうになったが堪える。

提案したのはネマなので、俺の同意なく決めるなと諌めた。

『でも、スライムはいろいろと便利だよ？』

ネマ自身も、名付けたスライムの能力はすべて把握しきれておらず、たまにとんでもないことを編み出してくると告げた。

それはそれでどうなんだと思うが、ネマの言うことも一理ある。

何かの役には立つだろうと、最終的にネマの提案を受け入れた。

『坊も愛し子には甘いではないか』

ラースが珍しく、俺を揶揄《からか》うようなことを言ってきた。

俺のは甘いのではなく妥協だ。ラースのように無条件で受け入れてない。

しかし、言い訳だと思われるのも癪《しゃく》なので黙っておく。

ちょうどそのとき、野太い悲鳴とリンドブルムの咆哮が響き渡った。

何事かと檻の方を見やれば、リンドブルムが大きな口を開けて威嚇しているようだった。

『リンドブルムが退屈だから、おりの中の人で遊んでる』

竜種の言葉がわかるネマが説明してくれた通り、リンドブルムは何度も口を開けて咆哮するを繰り返している。

竜騎士が慌てて檻から離そうとするも、リンドブルムが首を振り……というか、頭部を竜騎士に当てて吹っ飛ばした。

これは手遅れだな。

竜種の扱いづらさは、作戦に織り込み済みではあるが……。ここは一つ、竜の娘の出番だな。

「俺は先ほど、ネマの提案を受け入れたよな？　では、俺の提案も受け入れてくれるだろう？」

『内容による！』

小賢しくはあるが、貴族としては正しい。

交換条件だからと、内容も聞かずに受けていてはのちに泣くはめになる。

「なに、簡単なことだ。あのリンドブルムの機嫌を直して、檻を運ぶように仕向けてくれればいいだけだ」

炎竜殿と契約している恩恵で、竜種の言葉がわかるネマにとってはただおしゃべりするのと同じ。

それもあってか、ネマは軽い返事で承諾した。

リンドブルムを説得するために、光景と音声を整えると、ネマは迷いもない声でリンドブルムの名を呼んだ。

『ルンル、ネマだよ！』

ルンルと呼ばれたリンドブルムは即座に反応し、嬉しそうな鳴き声をあげる。

「……見ただけで、名前を言い当てたのか？」

竜騎士であれば、己の相棒とする竜種を多くの同種の中からでも見分けられるだろう。

だが、ネマが竜舎に遊びにいっていたのは二巡くらいだけだったはず……。

当時のネマを思い出して気づいた。

屋敷と王宮しか遊ぶ場所がなかった上に、友達がいなかったなと。

イレーガ伯爵家の双子とは仲がいいみたいだが、一緒に遊んだことはないと言っていた。

つまり、竜舎の竜と獣舎の動物が友達だったというわけか。

デールラントの過保護ぶりも度が過ぎている……。

俺とラルフがネマくらいのときには、王宮で一緒に遊び回っていたし、同世代との交流もそこそこあったぞ？

ネマの普通とは言い難い生育環境に、少し同情する。我儘な一面があるものの、よくまともに育ったな。

それに、ライナス帝国での生活がオスフェ家にはよい刺激になっているようだし。

デールラントがこの調子で、子離れできることを切実に願うぞ。

俺が昔を思い出している間に、ネマはリンドブルムを説得して、檻を運ばせることに成功した。

そして、次の檻が運ばれてくる。

この檻もすぐに運べるよう、騎士たちを急がせた。

『到着されたよ』

ラルフの声が届き、周囲を見回すと、森の方から大きな荷物を抱えた獣人が歩いてくる。

荷物の正体に気づいたルノハークたちが一斉に騒ぎ始めた。

騒いでいるのは、まだカイに欲を食べられていない者たちのようだ。カイはいったいなんの欲を食べたんだ？

俺の前で地面に転がされる荷物。

獣人もとい、ライナス帝国軍ストハン総帥が大層満足げな様子で告げた。

狩ってきた――と。

逃げる獲物を追うのは、祖となる動物の本能の部分が大きい。こいつもこんなでっかい猛獣に追われて、さぞ生きた心地がしなかっただろう。

逃げた奴の顔を拝もうと、足で向きを変える。

現れた顔を見て、思わず舌打ちした。

カーリデュベル総主祭。創聖教の最高権力者であり、腹の底が知れない人物だ。

彼を捕まえたとなれば、ファーシアも黙っていないだろう。

『ストハン総帥、ご苦労だった』

セリューノス陛下がストハン総帥を労う。

そして間を置かずに、カーリデュベルの扱いをどうするか思案している俺に宛てて、精霊が別の言葉を届けにきた。

精霊を使ったということは、他者には聞かれたくない内容のようだ。

『誰にも知られずに監禁できる場所がある。そこは、精霊でも調べることができない』

それを聞いて驚いた。

セリューノス陛下には、精霊が立ち入れない部屋の詳細を伝えていない。いつか何か言われるだろうと思っていたが、ライナス帝国には精霊を弾く術が残っていたのか？

『それと、途中からはユーシェに運ばせる。お前は精霊王を通じて、精霊たちの口止めを頼むよ』

一方的な物言い、否とは言わせないつもりか。

しかし、総主祭が行方不明だとわかれば、創聖教はエルフ族や精霊術師に依頼して居場所を探すだろう。

精霊すら場所がわからないとなれば、死亡したと考えるかもしれない。

「尋問の際は、俺も立ち会いますよ？」

『立ち会えるのはヴィルのみだ。構わないな？』

俺のみ……ということは、聖獣が関わっているのか？

情報部隊のシーリオを同伴させられないのは痛いが、まぁなんとかなるだろう。

セリューノス陛下に承諾を伝えた。

『では、身柄の引き受け場所はおって伝える』

何かお考えがあってのことだと思うが……気になる。

アイセに探らせてみるか。

13 頑張った子たちへのご褒美。

プシュー作戦から一夜明け、海たちが帰ってきた。

「口直し」

美味しくないものを食べ続けた反動か、海は真っ直ぐ私のところまでやってきて抱きついた。

よしよしと海の頭を撫で、私は固まる。

そんな！　まさか……海のサラ艶ヘアーにダメージが!!

心なしか、天使の輪の輪郭もぼやけているように見える。

たった一夜でこんなに影響があるとは、恐るべし美味しくない欲！

私は、海の髪が美しくな〜れ〜と心の中で念じながら、よしよしを続けた。

「むー！　むぅむむっ！」

「うきゅー！」

紫紺と青が、自分たちのことを忘れるなと、私の周りを飛び跳ねた。飛び跳ねるタイミングで鳴くので、変なリズムを刻んでいる。

「紫紺も青も大かつやくだったねー」

「ご褒美はまだかと」

私が二匹を褒めようとしたら、森鬼から訂正された。

そうか……ご褒美の催促の踊りだったのか。

「ごめんね。ごほうびは明日になりそうなの」

昨日のうちにパウルが手配してくれたが、紫紺用の毒は明日届けられるそうだ。

青が希望した美味しい魔力はママンにお願いしたけど、明日じゃないと時間が取れないって言われた。

そんなママンは今日、他の研究員たちとともに遺跡へ行っている。事後処理的なお仕事があるらしい。

そして、翡翠はというと……ヴィに連れ去られた‼

いや、翡翠自身がついていくって決めたんだけどさ！

スライムの最優先は食欲。最高級魔力の前では、飼い主の声も届かなかったよ……。気持ちはわかるけど、私は悲しい！

翌日、ママンが約束通り来てくれた。手に紫紺用の猛毒を持って……。

「これが通称『ヌイヌリの悪夢』と呼ばれている毒よ」

小さな瓶に半分ほど入っている毒液。

その昔、ラーシア大陸の南にヌイヌリという町があった。どこにでもあるような、代わり映えのしない町が、一夜にして全滅したのだ。

その原因がこの、ヌイヌリの悪夢の素。

ママンはご丁寧に標本も一緒に持ってきてくれていた。

魔蟲《まむし》の幻種《げんしゅ》で、二対の翅《はね》に長い腹部が特徴の、トンボに似た見た目をしている。翼開長《よくかいちょう》はパウルの手を広げたサイズよりも大きかったので、三十センチはあると思われる。

この幻種の恐ろしいところは、繁殖方法にあった。

成体の寿命は一夜と非常に短く、交尾産卵も一夜の間に行われる。

交尾をするとオスは死に、メスは生きている動物を見つけると、毒で殺してからその死体に卵を産みつけ、その後死亡する。

産みつけられた卵はこれまた一日という短い時間で孵《かえ》り、口しかないつるんとした幼虫の姿に。そして、動物の死体を餌とし、とにかく食べまくる。必要な分を数日かけて食べると地中に潜り、成体になるべく脱皮を繰り返し、ゆっくりと変化していく。この期間がおよそ二年。

羽化するときに地上に出てきて、羽化後は儚く死ぬ。まるでカゲロウのようだ。繁殖方法はエグいけど……。

この繁殖に巻き込まれたのがヌイヌリの町だ。

ヌイヌリから少し離れた場所でこの幻種が異常発生し、卵を産みつけるための動物を求めて町を襲った。

この幻種の毒は、中型くらいまでの動物なら即死させるが、人間ほどの大きさになると即死できずに地獄を見せる。

ママン曰く、長い釘を打ち込まれる痛みと、内側から体を焼かれる痛みが同時に来て、瞬く間に痛みが全身へ広がると。

ちなみに、幻種の毒を弱めて行った実験の感想らしい。

「これに近い見た目をしている魔蟲に遭遇したら、すぐに焼き殺しなさい」

助かる方法は一つ。噛まれる前に焼却！

「ちゆ魔法じゃ治らないの？」

即死しないのであれば、治癒魔法で治すことができると思って聞いてみた。

「毒の影響を治すことはできるけど、産みつけられた卵も元気になっちゃうわね」

幼虫になるのを早めてしまう場合もあるんだとか。マジで恐ろし過ぎない⁉

「この幻種が発生する場所を特定するのは簡単だけれど、地上に出てくる時期が読めないこともあって、凄く希少な毒なのよ」

それを聞いて、紫紺が期待からプルプル震え始めた。

「むーっ‼　むっむっむっ‼」

待て、荒ぶるな！

ママンに毒を与える際の注意事項を教えてもらい、手袋を装着させられ、スポイトに似た器具を渡された。

皮膚に触れると、火傷に似た症状が出るんだって。

私は慎重にスポイトもどきで毒液を吸い上げ、紫紺の体に突き刺す。

そして、ゆっくりと毒液を注入すると……。

「むぅぅ、むむぅぅぅ……」

紫紺の饅頭型ボディーがへちゃんと溶けた。

「刺激が凄くて体が溶ける、だそうだ」

森鬼がわざわざ訳してくれたけど、見てわかる。

人間で言うなら、美味しくてほっぺが落ちそうな状態なわけだな。

私がせっせと紫紺の給餌係に徹している間、青はママンから魔力をもらっていた。

「うっきゅぅぅー！　うきゅきゅっ！」

青も大層ご機嫌な様子。

でもね、青。ママンの目を見てごらん。完全に実験体を観察する研究者の目だから！　危機感持って‼

ママンはお仕事を終えると、あっさりと帰っていった。こちらではできなかったことを、研究所で思う存分やりたいがために……。

仕事と娘、どっちが大事なの⁉　って詰め寄っても許されたと思う。

でも、ママンの好きなことをやりたいって気持ちはすっごくわかるから、私は我慢した。私、偉い！

◆　◆　◆

青が加わって、魔物っ子たちもかなり賑やかになってきた。

多頭飼いの宿命、毎日運動会状態ですわ。

そんな魔物っ子たち、今はスライムVSコボルト・キュウビ連合で戦っている。

トーテムポール状に積み重なったスライム四匹を倒す遊びらしい。ルールは森鬼が考えた。

一番下のスライムは形を変えるの禁止。他のスライムは、自分の下にいる子にのみ触手を二本伸ばせるそうだ。

トーテムポールなスライムを星伍たちが前脚で叩《はた》いたり、頭で押したりして倒そうとするも、起き上がりこぼしのように揺れるだけで倒れない。

そんな光景を眺めつつ、私とお姉ちゃんはパウルの報告を聞く。

「カーリデュベル総主祭ですが、ライナス帝国で神官長を務め、ガシェ王国でのルノハーク騒動を契機に総主祭へ就任。本来、総主祭はファーシアから出てはならないところ、信者への説明と謝罪を目的に大陸巡行を行いました」

私が教会で誘拐された事件がきっかけで、ルノハークと呼んでいる組織に創聖教が関わっていることが判明した。というか、捕まえたルノハークのほとんどが、創聖教信者だった。

創聖教の至上派——人間が一番優れていて、他の種族は人間の下につくべきだという思想——の目的のためなら手段は問わない、過激な人たちが集まってできた組織と考えられた。

組織ならば、それを統括するトップがいる。

信者から聞き出した人物こそ、自らを聖主と呼ばせ、神の名を名乗る者だった。

信者たちの崇拝ぶりを見て、聖主は創聖教の上層部の誰かではないのかという疑念が立ち、その中でももっとも怪しかったのが総主祭。

だから、創聖教の本部を探ろうと、我が家の外の使用人や情報部隊の騎士たちが潜入した。

しかし、総主祭が聖主であるという情報は得られず、また聖主の情報もまったくと言っていいほど入手できなかったそうだ。

「改めて情報を精査して、カーリデュベルが異常であることを感じました」

「異常？」

私が聞いた限りでは、なんの違和感もなかったけどな。

「彼の経歴が綺麗すぎるのですよ。創聖教は小さな国家とも言える組織です。そんな組織の長になるには、利権絡みの繋がりが多少なりともあるものです」

袖の下とか口利きとか、そんなやつ？

「でも、総主祭の生家が強いとか……」

私が最後まで言う前に、パウルは首を横に振る。

総主祭の生家は農民。ファーシアで幅を利かせられるような権力など持っていないと。

「おそらく、聖主があえてカーリデュベルを総主祭に据えたのでしょう」

となると、総主祭はただ隠れ蓑に使われただけってこと？

知らずに利用されていたのか、はたまた総主祭も聖主を崇拝しているのかで変わってくるけど。

「では、彼が聖主である可能性は低いのね？」

「我々はそう判断いたしました」

お姉ちゃんの問いかけに、パウルは我々という言葉を使った。

パウルだけでなく、この件で動いている使用人たちが総合的にそう判断したのだろう。

「彼が捕まって、聖主はどう動くかしら？　……取り返そうとしてくれるといいのだけれど」

隠れ蓑がなくなれば、聖主の動きを掴みやすくなっているのか！

そんな状態で総主祭を取り返そうとしたら、いろいろ尻尾が出てくるかも！

「そうですね。殿下の腕の見せどころでしょうから、期待なされてよいと思います」

ヴィのことだから、何か罠でも仕掛けてそう。しかも、相当たちが悪いやつを。

「あら、殿下の動きを掴んだの？」

「カーリデュベルは他のルノハークとは別の場所に移されました。我々でもたどれない場所となれば、聖主も平静を失うかもしれません」

総主祭だけ別の場所……王族しか知らない秘密の部屋に監禁しているとかかな？


ヴィが動いているなら、総主祭はすぐに口を割るだろうと思っていた。

だけど、二日経っても、五日経っても、なんの知らせも来ない。

これはおかしいと思っていた矢先、陛下からあることを告げられた。

「イクゥ国から誰が来るって？」

「獣王だよ。イクゥ国の獣人の長のような存在だ」

獣王は習ったことがあるので知っているけど、なんで獣王が来るの？

不思議に思って聞いてみたら、直接お礼を言いたいからららしい。

「我が帝国が、イクゥ国に支援を行っていたのは知っているね？」

「はい。干ばつとか水害が起きて、確かサチェやカイディーテも力を貸したとか？」

教えてもらったのがずいぶん前なので、曖昧《あいまい》にしか覚えていないけど。

「そう。物資も送ったし、聖獣の力で作物が育つようにもした。ようやく復興の兆しが見え、国内も落ち着いてきた今のうちにと言われたよ」

わざわざイクゥ国から使者を出して、直接陛下に申し入れたそうだ。

まぁ、それだけ恩を感じているってことだと思う。

「それで、獣王が来訪している間、人の出入りが多くなるだろう。こちらでも警備を強化するが、ネフェルティマ嬢も十分気をつけて欲しい」

そっか。国外のお客様が来るってことは、それを出迎えるために人員を増やすだろうし、普段使わない業者を呼ぶこともあるかもしれない。

そういう隙をついて、まだ野放しになっているルノハークが何か仕掛けてくる可能性があると。

「わかりました。パウルにも伝えておきます」

イクゥ国の獣王かぁ。なんの獣人なんだろう？

強そうなのは、大虎《だいこ》族、狼《ろう》族、熊《ゆう》族辺りだけど、バルグさんの蜥《せき》族もありえるかも。

できれば、もふもふした種族だと嬉しいんだけどなぁ。

お付きの人も獣人だよね？　まだ会ったことのない種族もいっぱいいるし、いろいろとお話を聞かせてもらいたい！

そして、仲良くなったら尻尾をもふもふ……ぐふふっ。

「あー、ネフェルティマ嬢。相手に失礼のないように。獣人の尻尾は、繊細な話題だからね」

おぉっと。心の声が漏れていたようだ。

ちゃんと心得ておりますって返事したのに、陛下からは訝しむような視線を返された。

いやいや、私だってこの見た目で痴女扱いはごめんだよ。

本人の承諾も得ず、無闇やたらに触ったりしないってば‼

番外編　安心できる場所。　視点：森鬼

レイティモ山から新しい住処に向かい、ようやく主のもとへ戻ってきた。

主に報告をして、久しぶりの皆との食事。

俺の肩に乗っていたグラーティアが机に下り、牙を鳴らした。そして、皿に載っている肉を前脚で指す。

「これが欲しいのか？」

『うん！』

グラーティアが咥えやすい大きさに肉を切り、机の上に置くと、グラーティアは肉に覆いかぶさる。

「グラーティア！　森鬼のご飯、取っちゃダメでしょ！」

主に怒られても、グラーティアは肉を離さず、器用に脚で回転させながら食べている。

その様子を見た主はもーと鳴き声のような声を出し、俺に肉を差し出す。

「はい、あーん……」

あーんは、食えという意味だったな。

差し出された肉を一口で頬張る。

「ネマお嬢様もシンキも、お行儀が悪いですよ」

パウルに苦言を呈《てい》されるも、主は気にすることなく肉の感想を述べた。

食事を終えてしばらくすると、パウルに風呂に入れと言われる。

新しい住処でオンセンに入ったが、一人で入る風呂も好きだ。

俺のあとに入るであろうパウルたちのために、風呂の水を浄化し、冷めないよう温度を一定にしておく。

風呂から出ると、主と主の姉はなぜか寝る相談をしていた。

主の兄が寝台を使っているから、主たちが寝られないのか？

ミルマ国でも一緒に寝ていたのだから、一緒の寝台に寝ればいいだろうと思ったが、口にはせず成り行きを見守る。

結局、主の姉が三人で寝ることを提案し、主も楽しそうだと受け入れた。

俺も部屋に戻ろうとしたら、セーゴとリクセーが俺の足に絡んでくる。

「ぼく、シンキと寝る！」

「ぼくも！」

いつもは主と同じ部屋で寝る二匹が、そんなことを言い出した。

『イナホも！　イナホも！』

「だめ。部屋は僕と一緒。だから、僕と寝るの」

カイが三匹に威嚇する。

カイは一緒に寝ると言っているが、寝台は別々だぞ？

「やだー！　一緒に寝るの！」

「カイはいつもシンキと一緒じゃないか！」

『イナホも！　イーナーホーもー‼』

みんなして騒いでいると、まず三匹が確保され、カイは鋭い視線で睨まれる。

「全員で寝ればよろしい」

パウルはそう告げて、俺たちの部屋にセーゴたちを放り投げた。三匹とも空中で体勢を整え、床に着地する。

「カイ、貴方もですよ」

パウルに顎で促され、少し怯えた様子で部屋に入っていくカイ。

「ラルフ様のお休みを邪魔しないよう、あいつらを監視しておけ」

そういえば、治癒魔法の使いすぎで反動が出ていると言っていたな。主の兄が元気なければ、主が悲しむ。

「わかった。念のため、スライムたちの確保も頼む」

グラーティアはハクと離していれば大人しいし、ノックスとウルクはそもそも騒いだりしないので問題ない。

それに比べて、スライムはお腹が空けば時間関係なく、餌を求めて動き回る。

だから、回収した方がいいと考え、スライムの捕獲が上手いパウルに頼んだ。

すると、そう時間を置かずに、ハク、シコン、ブドーが部屋に放り込まれた。

「いいか、お前たち。この一晩は大人しくしていろ。主の兄が回復しなければ、主は凄く悲しむぞ」

一斉にわかったーと返事をする。

カイは着替えのために衣装棚の方へ行き、セーゴとリクセーは部屋の中を探索し始めた。

イナホは口に何かを咥えて、俺を見上げる。

『ふんふーふんふん』

何を言っているのかわからない。とりあえず咥えているものを受け取った。

『イナホでりゃっくすぶらし三号でなでなでしてー』

渡されたのは、主がよく使うぶらしという道具。これを使うと毛並みがよくなると言っていた。

しかも、個体別に専用のぶらしがいくつもある。

イナホのは、イナホでらっくすぶらし一号から五号まで。

道具の名前の意味は不明だが、こうやって主の謎の言葉はこいつらに浸透しつつあるようだ。

それより、なぜこれがここにあるんだ？　ぶらしはスピカが管理しているはずだが？

「いつの間に持ってきたんだ？」

『パウルにぽいってされたときくれたー』

「パウルが？」

パウルがイナホのぶらしを用意した意味を考える。

この中で、一番主を恋しがりそうなのはイナホだ。途中で気が変わらないよう、これを使って早く寝かせろということか？

寝台に上がって胡座をし、ここに座れと自分の脚を叩いてイナホを呼ぶ。

「主やパウルのように、上手くはないぞ？」

そう断ってから、ぶらしでイナホの体を撫でる。

『そこ、もう少し強く……気持ちいい～』

そんなイナホを見て、落ち着きをなくすセーゴとリクセー。何かこそこそと二匹で話していた。

「シンキ、ぼくたちのぶらしを取ってきてもいい？」

「ぼくたちもぶらしして欲しい！」

自分たち専用のぶらしを取りにいくかを、二匹は相談していたようだ。

「このぶらしでは駄目なのか？」

わざわざ取りにいかなくても、イナホのでもいいと思うが？

しかし、セーゴとリクセーはそれはできないと言う。主に、自分たち用以外のを使うなと、強く言われているからと。

パウルの仕事は、主たちが寝てからの方が忙しくなる。

宮殿や帝国内にいる間諜とかいう使用人たちからの報告書を読み、指示を出す。

日誌とかいう記録をつけて、オスフェ家にもその日の主たちの行動などを報告する。

翌日の朝にこなす仕事の下準備をして、ようやく風呂に入って寝る。

「スピカにぶらしを持ってくるよう伝えてみる」

忙しいパウルより、スピカの方が早く仕事を終えるため、寝る前に届けてもらえるだろう。

「ぶらし五号ね！」

「ぼくは一号がいい！」

ぶらしにくっついている毛や形状が違っているだけで、そんなに変化があるもんなのか？

二匹に聞いてみると、ぶらしで撫でられたときの感触が全部違っているらしい。

「ぶらし五号はね、トントンすると気持ちいいんだよ！」

「ぶらし一号はすっきりするの！」

毛がないゴブリンには、一生理解できない感覚なのは確かだ。

精霊に声を届けてもらい、スピカから承諾の返事が届く。

「スピカが持ってくるまで我慢な」

二匹の頭を撫でながらそう言うと、二匹はわかったーと寝台に寝転ぶ。

寝転ぶのはいいが、俺の足を枕代わりにするな。ぶらしを使うと肘が当たるぞ？

『シンキ、遊ぼうよ！　投げる？　伸ばす？　どっちがいい？』

遊び道具もない部屋に即飽きたのか、ハクたちが遊びをねだってくる。

ただ投げるだけでも喜ぶので、いつもは相手をしても手間がかからない。

だが、この部屋では壁か天井に投げるしかなく、確実に音が伝わるだろう。

音を遮断することも考えたが、そうすると主に何かあったときに反応が遅れる。

「……ハクたちはここに並べ」

とりあえず、セーゴとリクセーの反対側にスライムを整列させた。

主ならすぐに遊びを思いつくだろうが……。

俺が思案している間も、スライムたちから期待の眼差しが向けられているのを感じる。目がないのに器用な奴らだ。

そのとき、ある光景を思い出した。

ハクに動かないように言い、ハクの上にシコンを乗せた。そして、シコンの上にはブドーを。

「ハク、上の二匹、どちらも落とさなかったら勝ちな。シコンはブドーを落としたら勝ち。ブドーは落ちなかったら勝ち。制限時間は……」

部屋には時間を示すものがない。仕方ないので、土の精霊に砂時計を作らせる。

今だけ使えればいいので、見た目はどうでもいい。砂が落ちきる時間は一幾《いちいく》。あまり長くても、面白くないだろうしな。

『材料は？』

「衣装棚の中に何かあるだろ」

イナホが乗り、セーゴとリクセーに枕にされている状態では動けない。

衣装棚には緊急時用の武器や魔石、鉱物なんかが入っているので、使えるものがあるはずだ。

『見てくるー』

土の精霊たちが衣装棚に群がる。

『どんな形にする？』

『面白いのにしよう！』

いくつか使える材料を見つけた精霊たちが相談し合っているのを聞いて、嫌な予感がした。

「普通のにしろ」

俺がそう言うと、一斉につまらないと文句をつける。

もう一度強く言えば、精霊たちはやれやれといった様子で俺を見た。

『ここはぼくたちがおとな？　ってやつにならないとねー』

『シンキがどーしてもって言うなら仕方ないよねー』

なるほど、そう来たか。

「あぁ、どうしてもだ。お前たちには簡単すぎてつまらないだろうが……」

『わかった！』

『作ってあげる！』

最後まで言うことなく、精霊たちは機嫌を直し、普通の砂時計を作ってくれた。その単純さが少し心配でもある。

ハクたちに砂時計を見せようとしたら、あいつらはくっついた状態で寝台の上を転がっていた。

精霊に砂時計を作らせている間、じっと待っていることができなかったようだ。

「戻ってこい」

先ほどのようにスライムを整列させ、硝子と白い砂で作られた砂時計を見せる。

「制限時間は砂が落ちきるまで。ほら、乗せるぞ」

片手しか使えないので砂時計を置き、スライムを重ねていく。

「では……開始」

砂が片方に集まったのを確認してから、ひっくり返す。

『あわわ……シコン動かないで』

『ブドーを落とさないといけないから無理！』

『うわっ！』

ブドーが落ちそうになるも、ハクが反対側に動いたことでなんとか持ち堪えた。

落とすまいとするハク、落とそうとするシコン、落ちまいとするブドー。重なった三匹の動きがそれぞれ異なるため、うねったりぐらついたり、奇妙な生き物のようになっている。

『シンキ兄様、ぶらしが手抜きになってる！』

スライムたちの方に意識が行っていたからか、撫で方がいい加減になっていたようだ。

「悪い」

次はここをやれと言うように、イナホは体勢を変えて腹を見せる。腹は急所でもあるので、力加減を気をつけながらぶらしを使うが……。

『ふうぃぃぃ……』

ラースの体に顔を埋《うず》めたときの主みたいな声を出すイナホ。無意識なのか、尻尾を大きく揺らしている。

『わぁっ⁉』

『むっ！』

『あ……』

そのイナホの尻尾がスライムたちに当たり、制限時間の前に転がってしまった。

ブドーは特に、一番上だったせいか、寝台からも落ちて床に転がる。

『なんか当たった？』

「ハクたちに当たって、ブドーが寝台から落ちたな」

『えっ⁉　ブドー！　ごめんね‼』

腹を見せてだらけていたとは思えないほどの素早さで跳ね起きたイナホは、そのままブドーのところまで飛んだ。そして、何度もごめんねと謝る。

イナホが動いた衝撃で、セーゴとリクセーも起きた。

ようやく足が解放されたそのとき。

――ズゴゴゴォ‼

重たいものを引きずるような大きな音がした。

魔物たちはみんな驚き、動きが止まったり、急いで隠れたりと反応は様々だ。俺も何事かと音がした方を見やる。

カイが自分の寝台をこちらに向けて押していた。

「……カイ、何をやっているんだ？」

「これ、くっつける。そうしたら、みんな一緒に寝れる」

自分の寝台に寝ると自分だけが離れてしまい、それが嫌なんだと。

カイがやりたかったことは理解できたが、あの音はまずい。パウルに聞こえたら、即駆けつけるだろう。

お仕置きとまではいかないだろうが、怒られるのは可哀想だな。

「俺がやろう」

カイの寝台を持ち上げ、音が出ないよう慎重に、俺の寝台とくっつくように置く。

すると、カイの寝台があった場所に、いろいろと物が落ちていた。

「あ……」

カイはそれに気づくと、急いで集め始める。

「それはなんだ？」

「大事なもの。主にもらった」

変な形のものが多いと思ったら、主が選んだものだったか。

奇妙な形の石、不細工な粘土。まともなのが押し花で作ったしおり、上手い下手は別としてカイの似顔絵。額に入れて渡す主もどうかと思うが……。

俺は衣装棚から目的のものを探し、その中身はそこに捨てる。

「なくさないよう、この袋に入れておけ。あと、絵は飾っていいんだぞ？」

床に放置されるより、壁などに飾ってある方が主も喜ぶはずだ。

「いいの？　シンキのないのに？」

「別に構わない」

俺は、主が似顔絵を描くと言ったときに断った。

主の絵が嫌いというわけではなく、俺自身がまだこの姿に慣れていないだけだ。ゴブリンの要素がまったくないからな。

「じゃあ……ここがいい」

カイが指定した場所は、今の、俺の寝台とくっつけたカイの寝台の位置からよく見えるところだった。

お前、寝台の位置を戻す気がないな？

まぁ、寝台がくっついていようが、寝られればどこでも同じなので、カイの言う通りにした。

ちょうど取りつけているときに、部屋の扉が急に開いた。

「シンキお兄ちゃん！　持ってきたよ！」

躊躇《ちゅうちょ》なく部屋に入ってくるスピカ。

待っていたものが届いたと、スピカにじゃれつくセーゴとリクセー。

「スピカ、セーゴとリクセーにぶらしをしてやってくれ」

俺はイナホを寝かしつけなければならないので、二匹の世話を頼んだ。

「いいよ。……わぁー！　寝台が広くなってる！」

寝台に飛び込むスピカに、それを真似るセーゴとリクセー。

「静かにしていないとパウルが来るぞ」

パウルの名を出しただけで、ピタリと固まるスピカたち。

面白いのが、スライムとイナホも一瞬動きを止めていたことだ。

スピカがセーゴとリクセーにぶらしを始めると、俺もその横に座り、イナホのぶらしを再開する。

空いている方にカイが寝そべり、スライムたちを揉んだり伸ばしたりして遊ぶ。

ようやく静かになったな。

◆　◆　◆

「お前までここで寝ているとは……」

翌朝、スピカが自室にいないと探しにきたパウルの声で目が覚める。

あのあと、全員そのまま眠ってしまった。

多少狭くはあるが、寝れないほどではなかったし、スピカを起こすのも面倒だったので、俺も寝た。

「全員、すぐに支度をしろっ！」

怒鳴り声と言うほど大きくはないが、パウルの鋭い声にみんな飛び起きる。

「ネマお嬢様はもう起きていらっしゃるからな、スピカ」

「はいっ！　すぐ向かいますっ！」

慌ただしく朝が始まる。

俺は寝ぼけたカイを着替えさせながら、帰ってきたことを実感した。

ノベルス

異世界《いせかい》でもふもふなでなでするためにがんばってます。⑮

2023年7月11日　第1刷発行

著　者　向日葵《ひまわり》

発行者　島野浩二

発行所　株式会社双葉社
〒162-8540　東京都新宿区東五軒町3番28号
［電話］03-5261-4818（営業）　03-5261-4851（編集）
http://www.futabasha.co.jp/（双葉社の書籍・コミック・ムックが買えます）

印刷・製本所　三晃印刷株式会社

［電話］03-5261-4822（製作部）
ISBN 978-4-575-24650-6 C0093